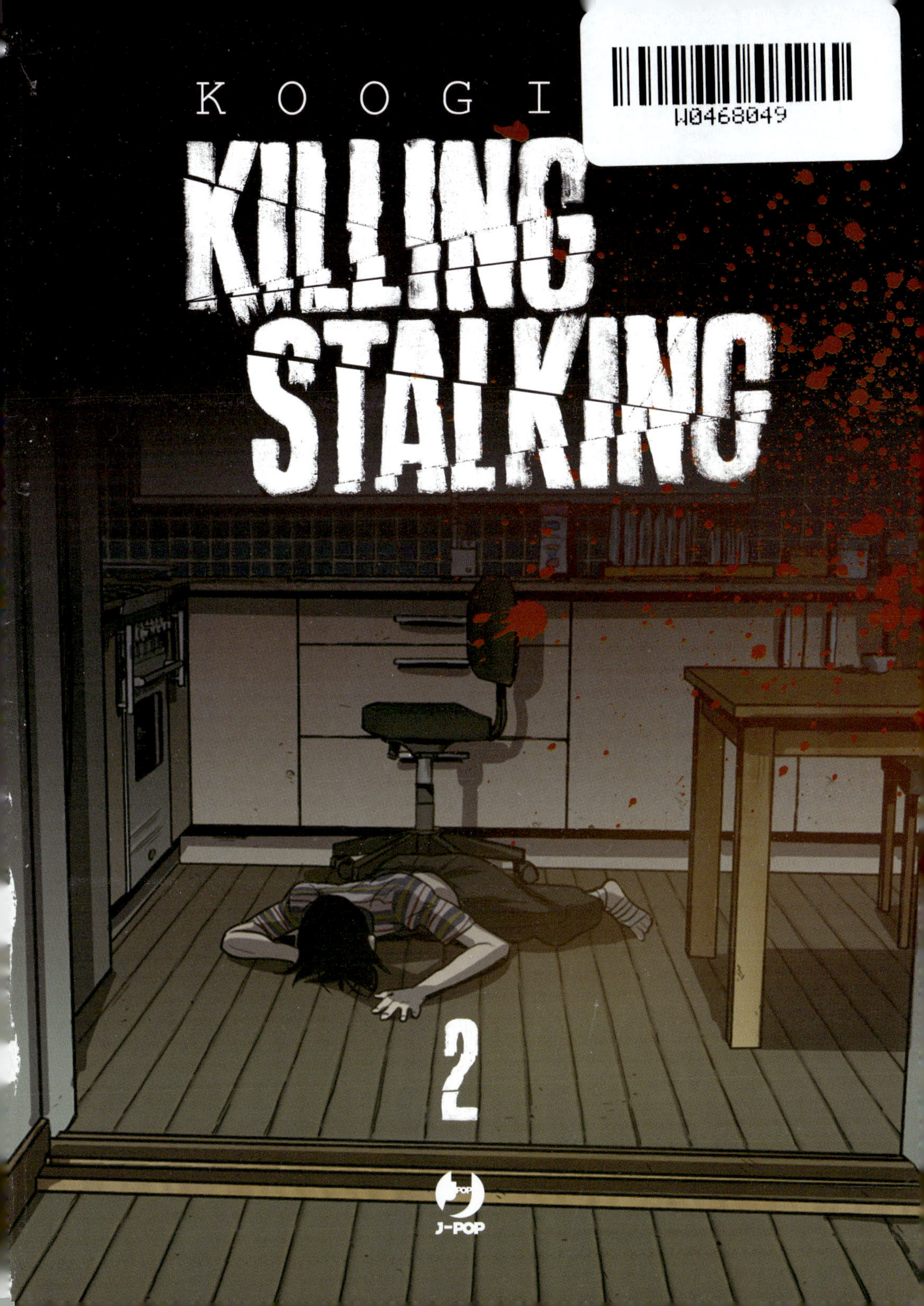
KOOGI
KILLING STALKING
2
J-POP

KILLING STALKING

capitolo 5

NON SO COSA FARE...
SE ORA CONFESSASSI... MI PERDONEREBBE?

E SE SCOPRISSE CHE HO PROVATO NON SOLO A SCAPPARE, MA ANCHE AD AVVELENARLO...
LE MIE DITA... NO...
POTREBBE TAGLIARMI ANCHE UN BRACCIO... O UNA GAMBA...

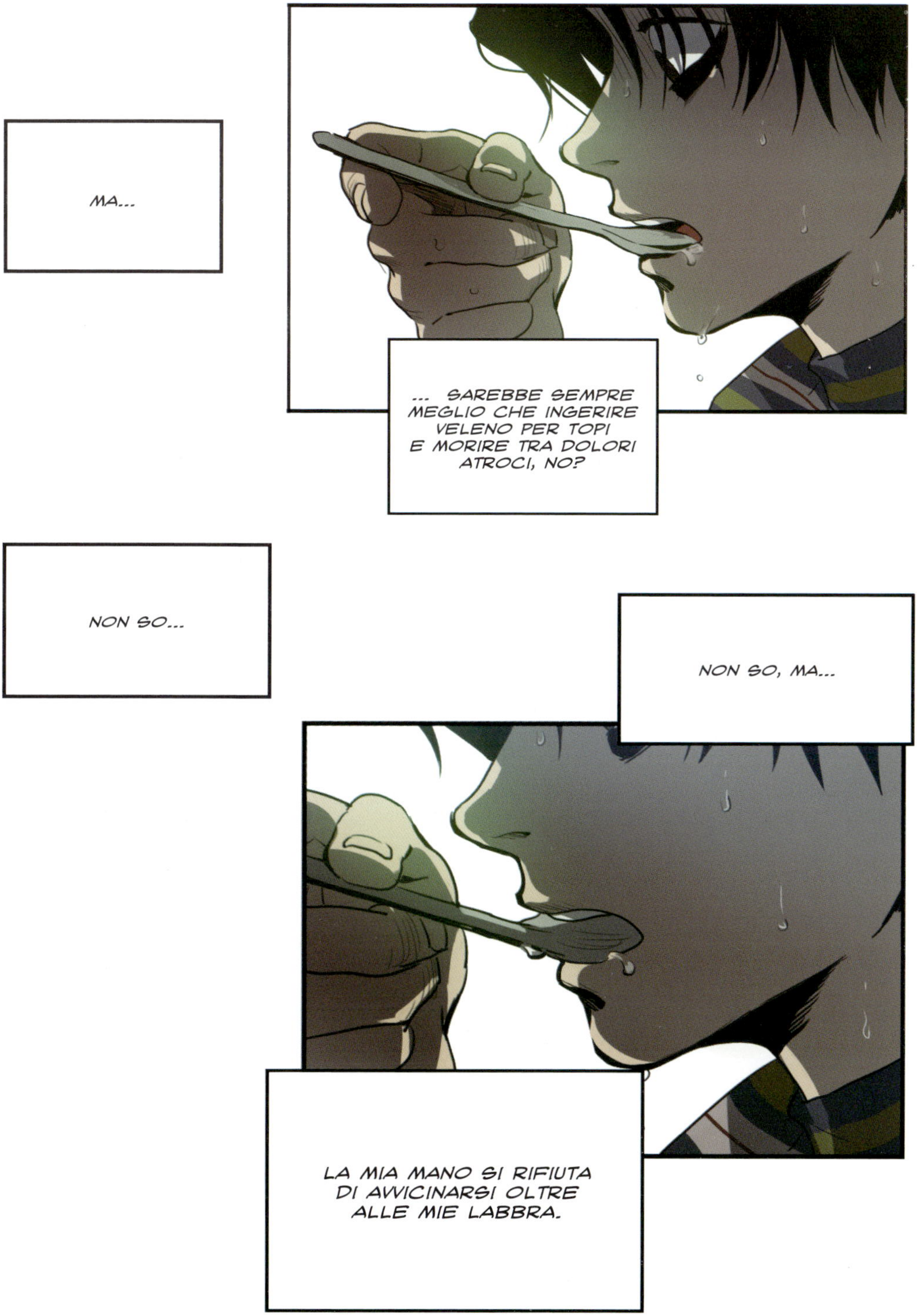
MA...
... SAREBBE SEMPRE MEGLIO CHE INGERIRE VELENO PER TOPI E MORIRE TRA DOLORI ATROCI, NO?
NON SO...
NON SO, MA...
LA MIA MANO SI RIFIUTA DI AVVICINARSI OLTRE ALLE MIE LABBRA.

SE RIUSCISSI A NON INGOIARE...
NON INGOIARE.
NON INGOIARE... NON INGOIARE...
NON INGOIARE.
...
GUARDATI.
FWIP

LO SO CHE TI HO DETTO IO DI SORRIDERE, MA...
ORA HO CAPITO.
SE UNO HA UNA BRUTTA FACCIA, È BRUTTO ANCHE QUANDO SORRIDE.
POKE

GULP
SLIDE-

SLURP...
MH...
È UN PO' SALATO.

QUESTA CANZONE È STATA RICHIESTA DALL'ASCOLTATORE NUMERO DUE.
strumming my pain with his fingers
singing my life with his words
Killing me softly with his song

CLINK
CLINK

GLANCE

MMF!
BLELRGH...
AH...
AH...
I heard he sang a good song
~
BLELRGH

SANGWOO È ANCORA IN CANTINA?
PANT
PANT
DOVREI ESSERE IN GRADO DI USCIRE, ADESSO...

AH...
WOBBLE

CHE SUCCEDE...

SWIRL
SWIRL
SE... COLGO QUESTA OCCASIONE...

UH?
PERCHÉ LA PORTA... È INCLINATA?

FWIP
FWIP

FREEZE

PANT
PANT

PANT

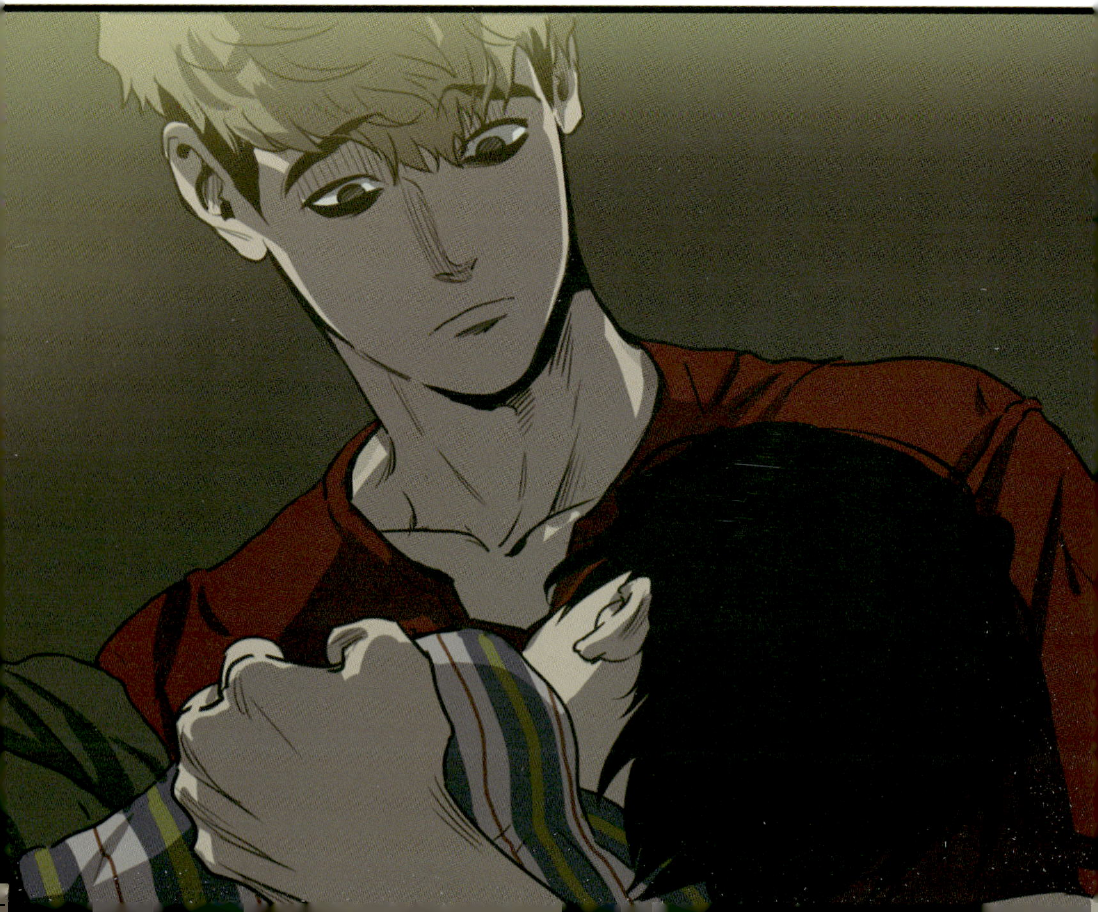

PANT
PANT

...

È ACQUA SALATA.

TI AIUTERÀ A VOMITARE. SE DEVI FARLO, USA IL SEC-CHIO.
TE LO LASCIO QUI DI FIANCO.

...
DORMI.

PEEK
MPF...

TICK TOCK
TICK TOCK
TICK TOCK

KYAAH! AIUTO!
PER FAVORE, NON FARLO!
KYAAAAH!!
?!
?
!

STEP
STEP
ALLORA SEI SVEGLIO...
TI SENTI MEGLIO ORA?

SÌ...
NO, NO. STAI LÌ. SEI ANCORA MALATO.
DRIP...
TU STAI BENE?

MH?
AH...
NO, NON È...
STRAMBO... DEVI DIRMI QUALCOSA, VERO?

FORZA.
DILLO.
...

...

NO?
5... 4... 3... 2...
AH...
UHM...

POSSO MANGIARE CON TE, D'ORA IN POI?
...
PFF... QUESTA NON ME L'ASPETTAVO. MI STAVO CHIEDENDO COSA AVRESTI DETTO.

PERCHÉ? NON TI PIACE IL TAVOLINO?
NON È BELLO DA PARTE TUA... È UN MIO RICORDO, DOPOTUTTO...
UN RICORDO?
...
QUEL TAVOLINO HA COSÌ TANTI SEGNI...

È QUE
FAI UN SACCO DI DOMANDE, OGGI.
...
SARÀ PERCHÉ SEI MALATO?
VA BENE, VA BENE.
BE'... DA QUANT'È CHE NON VEDO I MIEI GENITORI... DAL LICEO?
QUANTI ANNI SARANNO PASSATI, DA ALLORA?
PROBABILMENTE È DI QUANDO ANDAVO ALLE ELEMENTARI.
MI RICORDO ANCORA DI QUANDO MANGIAVO CON LA MAMMA.

NONOSTANTE AVESSIMO UN BEL TAVOLO DA USARE, CI SEDEVAMO PER TERRA...
... PERCHÉ IL TAVOLO ERA DI PAPÀ.
COS'HAI DA GUAR- DARE?
S... SANGWOO... DEVI ANDARE A SCUOLA, VERO?
LUI ERA VIOLENTO.

CLINK-
ARGH!
STAI ZITTA!
CRASH

NE SONO CAPITATE MOLTE ALTRE, MA È INUTILE PARLARNE ADESSO.
È ABBASTANZA IMBARAZZANTE. A DIRE IL VERO, È LA PRIMA VOLTA CHE NE PARLO CON QUALCUNO. E PENSARE CHE LO STO RACCONTANDO A UNO COME TE... SEMBRA UNO SCHERZO.
MI... MI DISPIACE...
NON SERVE.
PER ME FA LO STESSO.

PER ESEMPIO... I TUOI POLSI SOTTILI...
È STATO A CAUSA DI TUO PADRE?
FWIP
NO... HO VISSUTO CON I MIEI NONNI DA QUANDO ERO BAMBINO...

E ORA CON MIO ZIO...
...
PARLAMI DI TUO ZIO, FORZA.
IO VIVO...
... CON LUI, ADESSO.

CHE PALLE...
E PERCHÉ TI SEI TAGLIATO LE VENE, ALLORA?
MI SENTIVO SOLO.
E... ED È DIVENTATA UN'ABITUDINE. HO FINITO PER RITROVARMI SPESSO ALLA STAZIONE DI POLIZIA.
MA NON RIUSCIVO A FERMARMI PERCHÉ...

... ERA COSÌ DOLOROSO...
MALEDIZIONE...
È UN BEL MODO DI VEDERLA.
"HO FINITO PER DIVENTARE UNO STALKER PERVERTITO". È QUESTO CIÒ CHE VOLEVI DIRE, GIUSTO?
SAI UNA COSA? ODIO LE PERSONE COME TE PIÙ DI CHIUNQUE ALTRO.

QUELLI CHE HANNO TROPPA PAURA DI MORIRE, MA SI LAMENTANO IN CONTINUAZIONE...
... E SONO TROPPO PRESI DAL LAMENTARSI IN CONTINUAZIONE PER FARE QUALUNQUE COSA.
SMETTILA DI STARE LÌ A RACCONTARTI QUANTO SEI SOLO.
SONO SOLO CAZZATE.

ALLORA...
...
CHE COSA DOVREI FARE?
...
IO E TE SIAMO ENTRAMBI...
... ORFANI...

MA...
FWIP
... ALMENO IO MI SENTO COME QUANDO VIVEVO CON MIA MADRE, QUANDO SONO QUI.
OGNI VOLTA CHE DORMO QUI, LEI BUSSA ALLA PORTA.
MIA MAMMA...
... E MI CHIAMA DALL'ALTRO LATO. A VOLTE ADDIRITTURA SI ARRABBIA CON ME...
E QUANDO CAPITA, HO COSÌ PAURA DA NON RIUSCIRE A DORMIRE.

MA, IN QUALCHE MODO, LE COSE SONO MIGLIORATE.
"PERCHÉ? COME?" CERCAVO DI CAPIRE QUALE FOSSE IL MOTIVO.
E POI TI HO VISTO.
POTEVI ANCHE ESSERE LÌ STRAVACCATO IN CANTINA...
... MA IL SOLO FATTO CHE FOSSIMO INSIEME MI FACEVA SENTIRE MEGLIO.
E SONO ANCHE AMATO! QUESTO MI FA SENTIRE PIÙ FORTE.
VOLEVI SAPERE COSA FARE, GIUSTO?

AH...

SPERO CHE QUESTA SIA UNA RISPOSTA SUFFICIENTE.

SANGWOO...
NO... PUZZO ANCORA DI VOMITO...

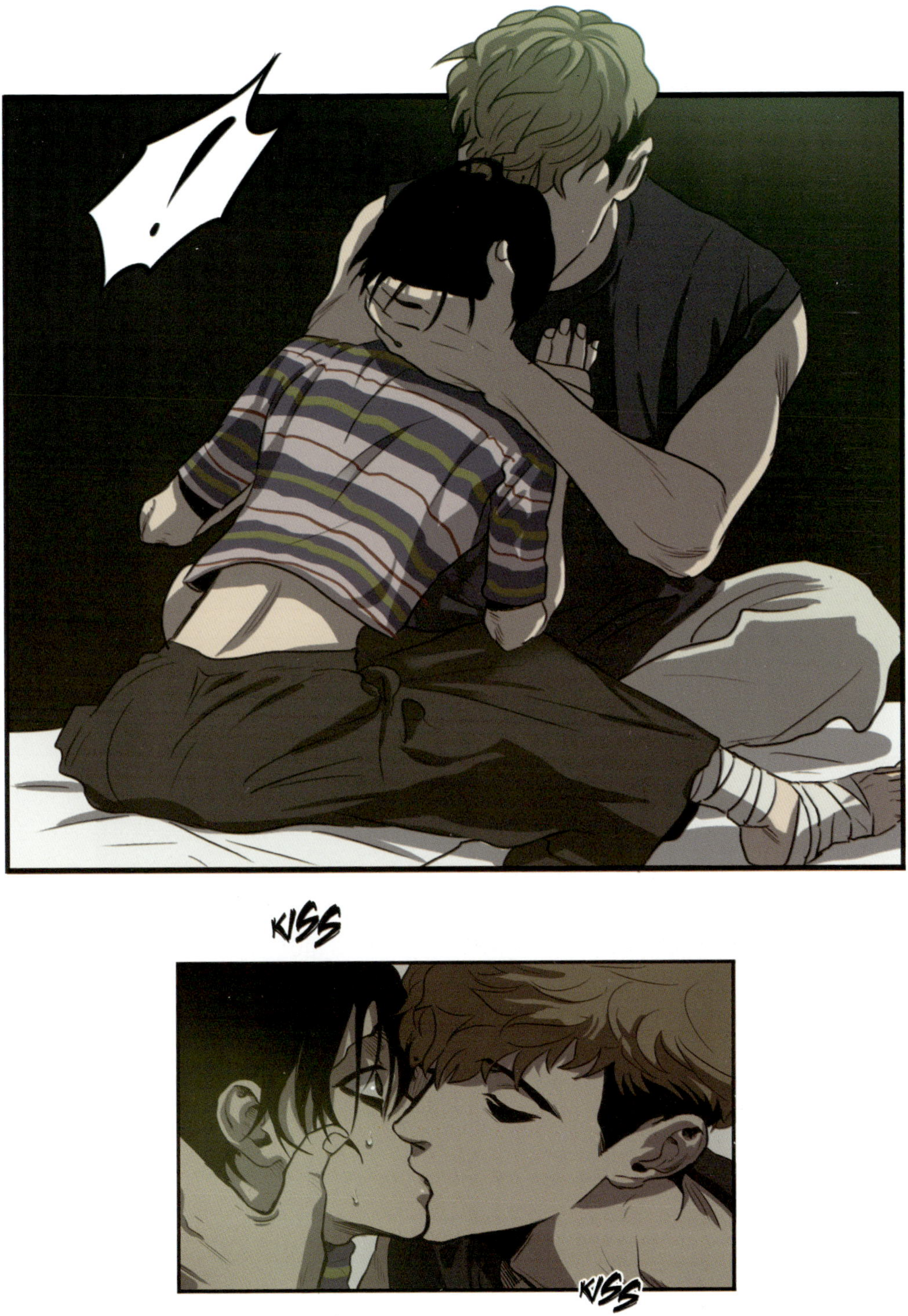
!
KISS
KISS

KISS
KISS

THUD-

MMF... PANT
MMF...
PANT
FLINCH
FLINCH

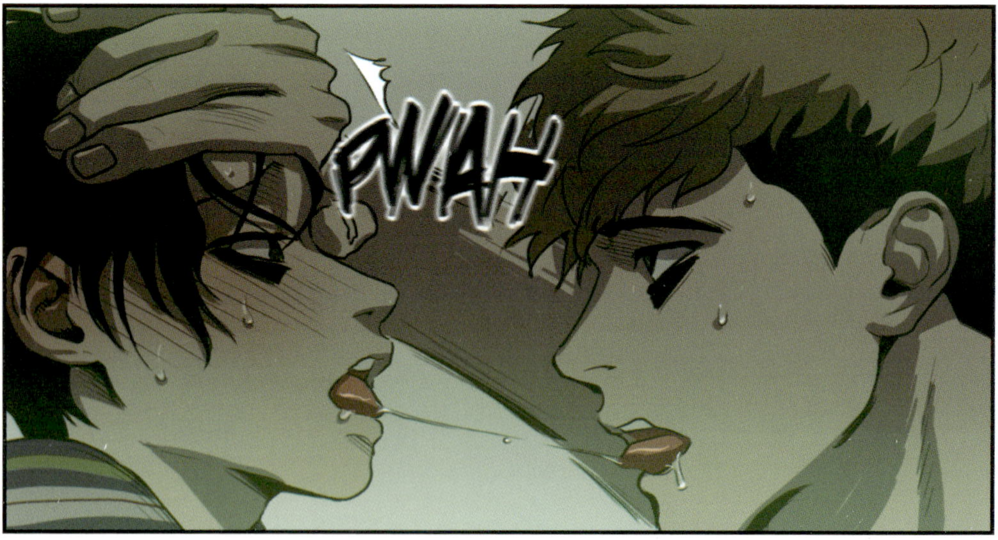
PWAH

AH...
AH...

UM...

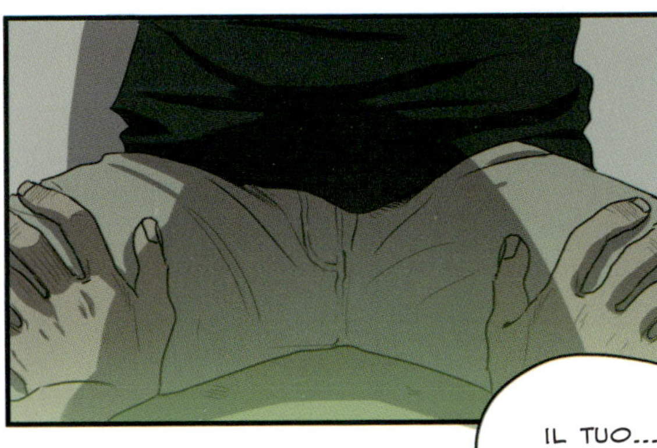
IL TUO...
COSO.

POSSO PRENDERLO IN BOCCA...

...

NAH... MI FAI PAURA.

AH...

SE PROPRIO VUOI...

... USA LA
MANO...

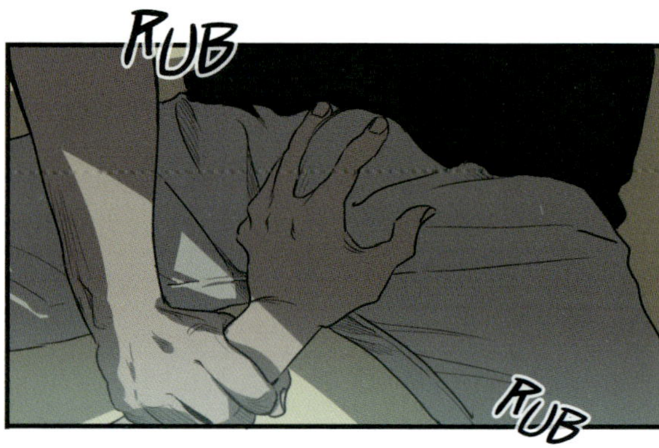
RUB
RUB

WOW...
È COSÌ
GRANDE...

... E COSÌ DURO...
SE ENTRASSE DENTRO DI ME...
SHIVER
SHIVER
NON CI STAREBBE TUTTO!

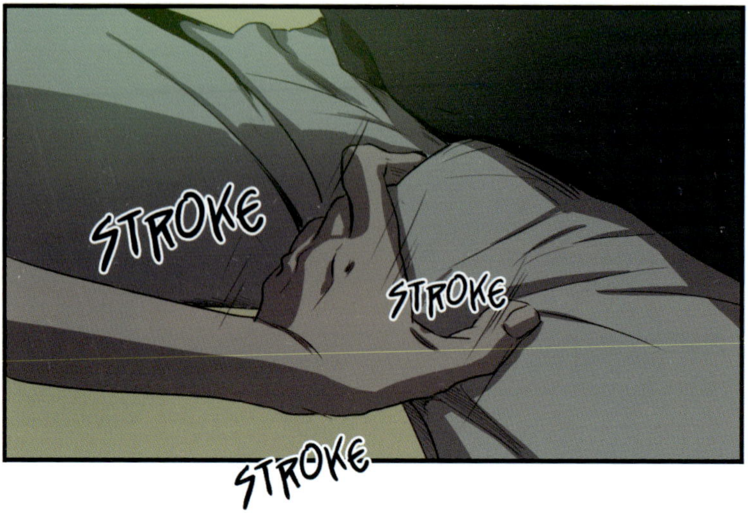
STROKE
STROKE
STROKE

PANT
PANT

PANT
PANT

AH, SANGWOO... SANGWOO...
PANT-
PANT-

WOBBLE...
AH...

EH EH...
?

VORREI CHE TU E IO...

SQUELCH
... POTESSIMO MESCOLARCI COSÌ...
SQUELCH

SQUELCH
AH! AH!
SLURP...
SQUELCH
AH, NE HO FATTO CADERE UN PO' PER TERRA... MI DISPIACE!
LO PULIRÒ IO...
...

KILLING STALKING

capitolo 6

BUBBLE...
BUBBLE...
STARE...
HO ANCORA LA TESTA TRA LE NUVOLE.
MI TORNANO IN MENTE LE COSE SUCCESSE IERI...
AH!
CLINK
CLINK
È DIFFICILE RIUSCIRE ANCHE SOLO A PENSARE DI COMBINARE QUALCOS'ALTRO...
SLIP
AH!
CLANG
SPLASH

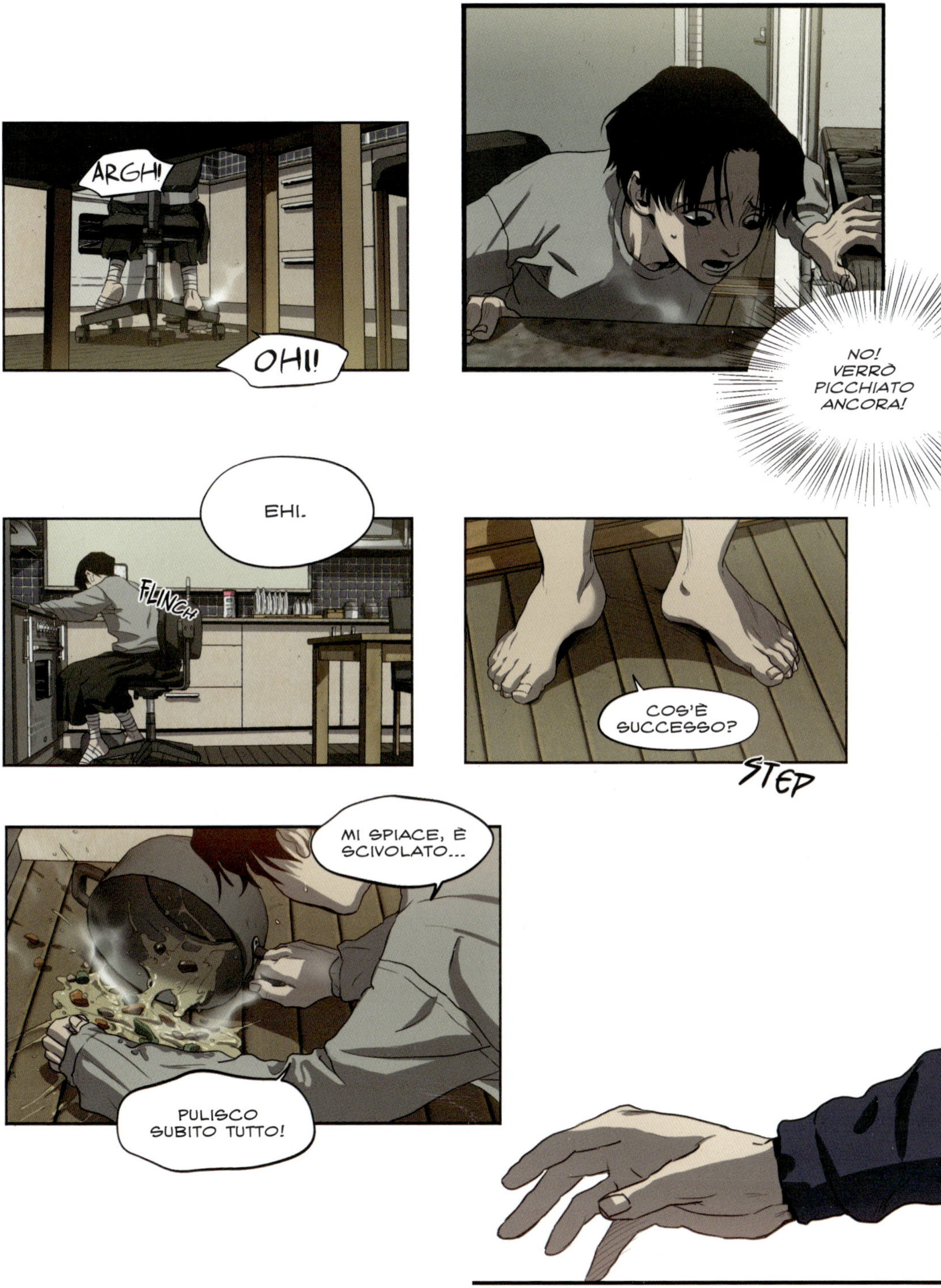
ARGH!
OHI!
NO! VERRÒ PICCHIATO ANCORA!
EHI.
FLINCH
COS'È SUCCESSO?
STEP
MI SPIACE, È SCIVOLATO...
PULISCO SUBITO TUTTO!

ECCO, ORA MI PUNIRÀ!

GRAB

URGH...
THROB

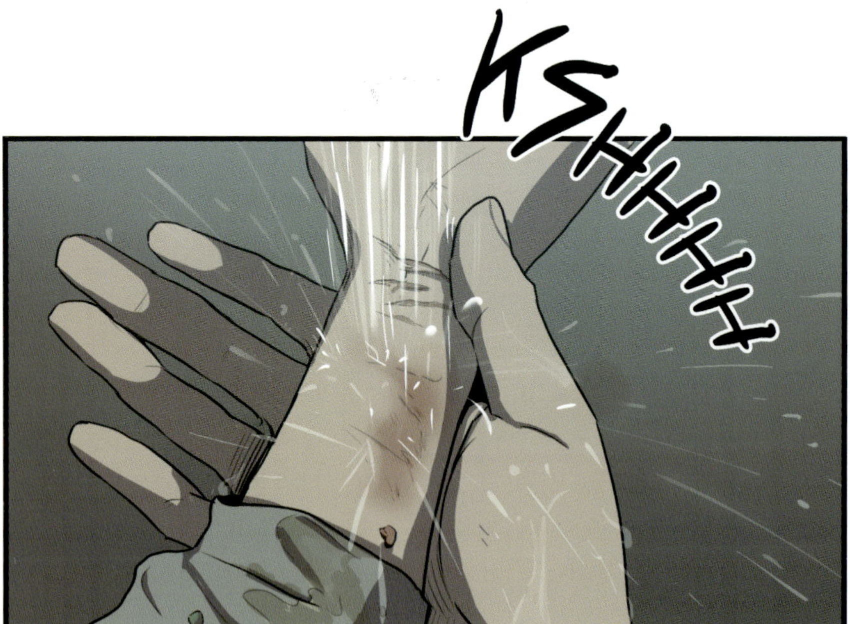
KSHHHHH

?
?
?
GLANCE
AH... DEVE FARE MALE. È TUTTO ROSSO.
NON MI VUOLE PICCHIARE?
KSHHH–
STAI BENE?

STO BENE...
COSA?
CHE SUCCEDE? NON GLI ERA MAI IMPORTATO CHE MI FACESSI MALE...
CHE COSA STA SUCCEDENDO?
SLUMP...
...
...

DRIP
DRIP
DRIP
DRIP
?
WOOSH

?!
AH! AH! AH!
TAP
HAI LE GUANCE TUTTE GONFIE. CHE CARINO!
VA MEGLIO, VERO?
FAI STARE MEGLIO ANCHE ME, ORA.

MMMFF...
MMH...
SLURP
SLURP
PWAH!

HEH
COSÌ VA BENE.
È COME VIVERE CON DUE GEMELLI DALLE PERSONALITÀ OPPOSTE.
PER UN PO' NON RIUSCII A SCROLLARMI L'ANSIA DI DOSSO.
MA...

... CON LE SUE MANI GENTILI...
... MI HA LAVATO...
... E VESTITO OGNI GIORNO.
E SOPRATTUTTO...
... NON MI HA PIÙ CHIUSO IN CANTINA.

COME SIAMO ARRIVATI A QUE-STO?
FORSE...
FORSE...
NOI...

CREEP
CREEP
AH! AH! AH!
!
APPROFITTI DI ME MENTRE DORMO?
AH!

CHE MOSSA ANTIQUATA!
JUMP
N... NON VOLEVO...
SÌ, CERTO!
PUOI FARLO, SE VUOI...
ALTRIMENTI... LO FARÒ IO.
KISS

SLURP
SLURP
MMH...
SLURP
SQUIRM
SQUIRM
?!
PANT
PANT
CHE BEL CALDO. MI SEMBRA DI ESSERE TORNATO NELLA PANCIA DELLA MAMMA.
SANGWOO...
PER FAVORE LECCAMI... PROPRIO LÌ...
AH...
SLURP
SUCK SUCK
AH...

FLINCH
MMH...
SUCK
SUCK
NIBBLE-
OHI!
PANT
MMH...
PANT
PWAH
IL TUO CORPO È COSÌ CALDO...
EHI...
SLIP-
HAI DETTO CHE AVEVI VOGLIA DI SUCCHIARLO, VERO?

VUOI
PROVARE?

AH...

—...
SLURP
SLURP
SLURP
SLURP
SLURP
SLURP
ARGH... MA-
LEDIZIONE...
ASCOLTA,
BUM.
?

NON PUOI SUCCHIARE E BASTA...
TIPO COSÌ.
SLURP
DEVI USARE LA LINGUA...
SLURP
SLURP
SHOVE
ORA PROVA DI NUOVO...

SLURP
BENE COSÌ...
SLURP
ANCORA...
SLURP
SLURP
SLURP
SLURP
SLURP
SLURP
BRAVO...
SLURP

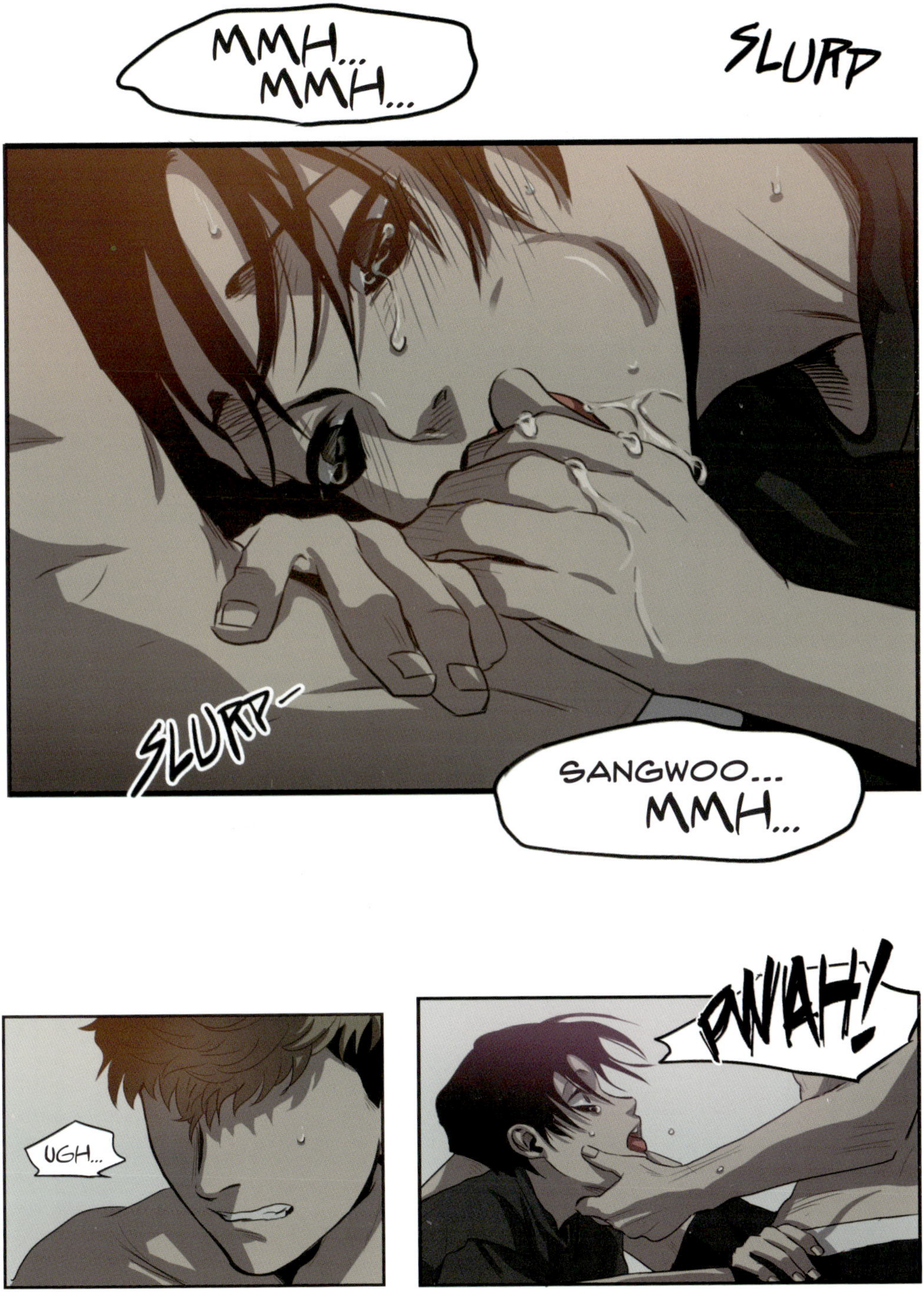
MMH... MMH...
SLURP
SLURP-
SANGWOO... MMH...
UGH...
PWAH!

PANT
PANT
PANT
PANT

PANT
PANT
SCUSA, NON VOLEVO VENIRTI IN FACCIA...
KISS-
GRAZIE.

DAZE-
GLANCE
KSHHHH
MMH?
FLICK
FLICK
PERCHÉ HAI QUELL'ESPRES-SIONE IN VISO?
KISS-

HAI FAME? DATO CHE È UN PO' PRESTO PER CENARE...
... POSSIAMO FARE MERENDA.
TI PIACCIONO I DOLCI?
NOD
NON MI DÀ PIÙ ORDINI. NON MI INSULTA NEMMENO.
HA ANCHE SMESSO DI FARMI FARE LE FACCENDE DI CASA.
DA QUEL GIORNO, NON CE N'È STATO PIÙ BISOGNO.

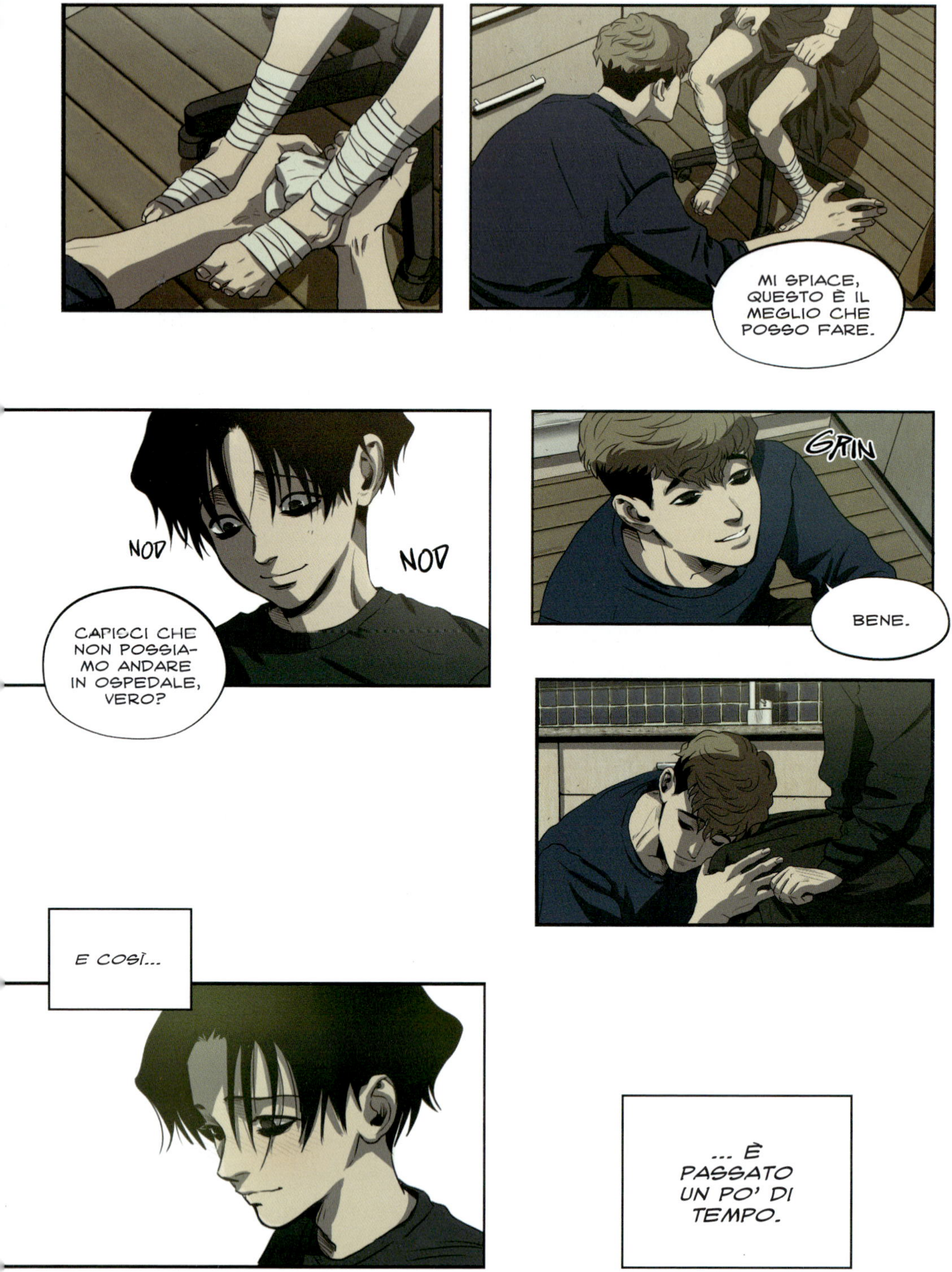
MI SPIACE, QUESTO È IL MEGLIO CHE POSSO FARE.
NOD
NOD
CAPISCI CHE NON POSSIAMO ANDARE IN OSPEDALE, VERO?
GRIN
BENE.
E COSÌ...
... È PASSATO UN PO' DI TEMPO.

KSHHHHH

AH... FORSE ARRIVERÒ IN RITARDO PER LA PIOGGIA.
SÌ, AL BAR DELL'ULTIMA VOLTA.
VA BENE, HO CAPITO.
BUM!
...
BUM!
STAI DORMENDO?

STEP
PEEK
...
STEP
CHE DIAVOLO?! STAVI FACENDO FINTA?

JUMP
!
NO, NO, TORNA A DORMIRE... NON AVREI DOVUTO DIRE NULLA.
PAT
VEDI...
DEVO ANDARE IN UN POSTO.
PER CUI MI CHIEDEVO...

PUOI TORNARE IN CANTINA?
TORNERÒ PR...
AH, SEI ARRABBIATO?
...
VA BENE... ALLORA PRENDITI CURA DELLA CASA.
LA CANTINA PROBABILMENTE È TROPPO UMIDA.

TORNERÒ
PRESTO.
KISS~

E NON SUPERARE
LA LINEA...
WHISPER

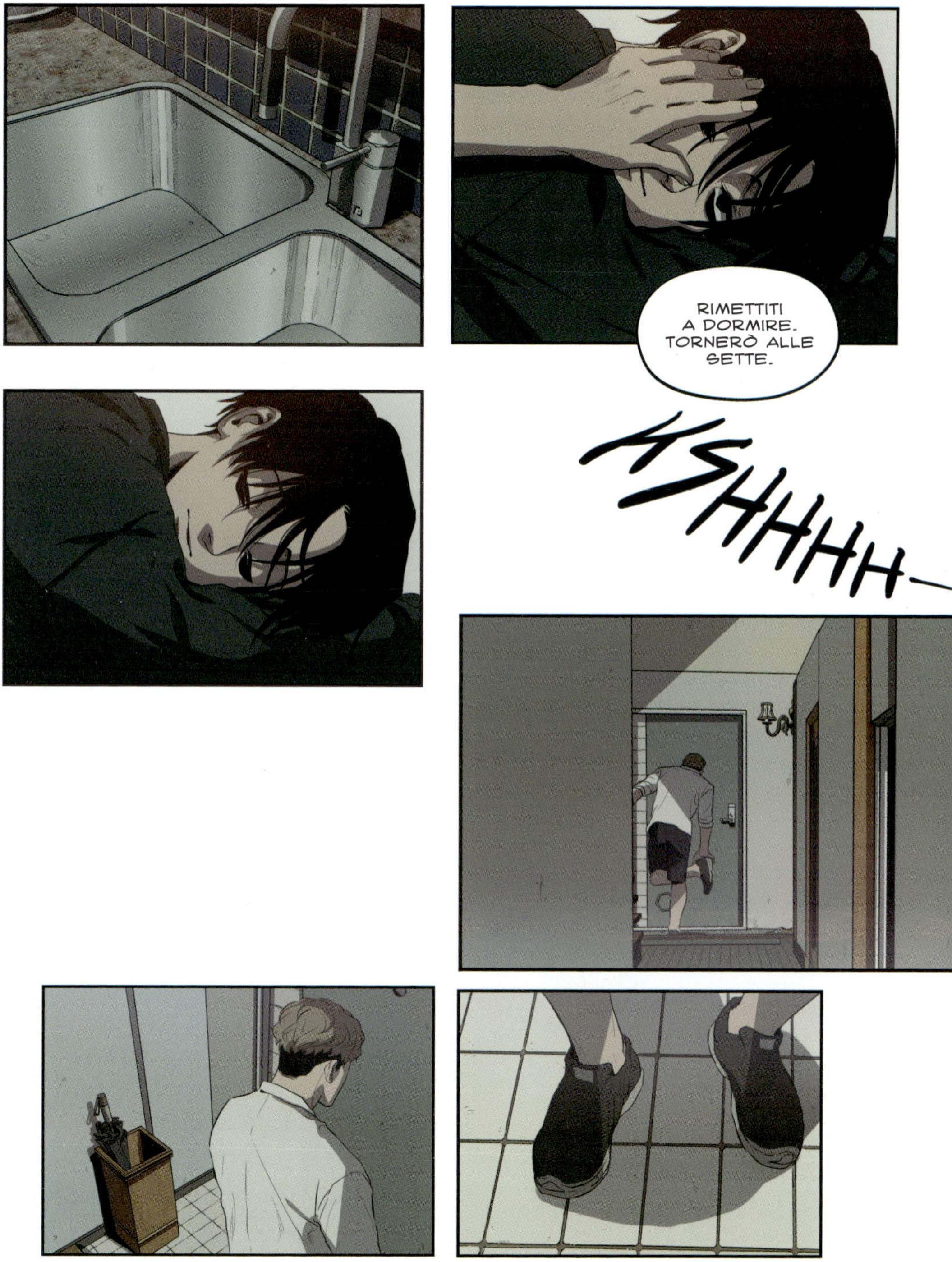
RIMETTITI A DORMIRE. TORNERÒ ALLE SETTE.
KSHHHH-

BANG-

TICK TOCK
TICK TOCK
TICK TOCK...
TICK TOCK...
TICK TOCK...
TICK TOCK
TICK TOCK...

TICK TOCK

KILLING STALKING

capitolo 7

PANT
PANT
CHE ORE SONO?

SONO LE SEI...
6:03
HO UN'ORA DI TEMPO...
NON POSSO ANDARMENE TROPPO IN FRETTA...
ASPETTERÒ UN QUARTO D'ORA...
...
DOVREI ANCHE CAMBIARMI.

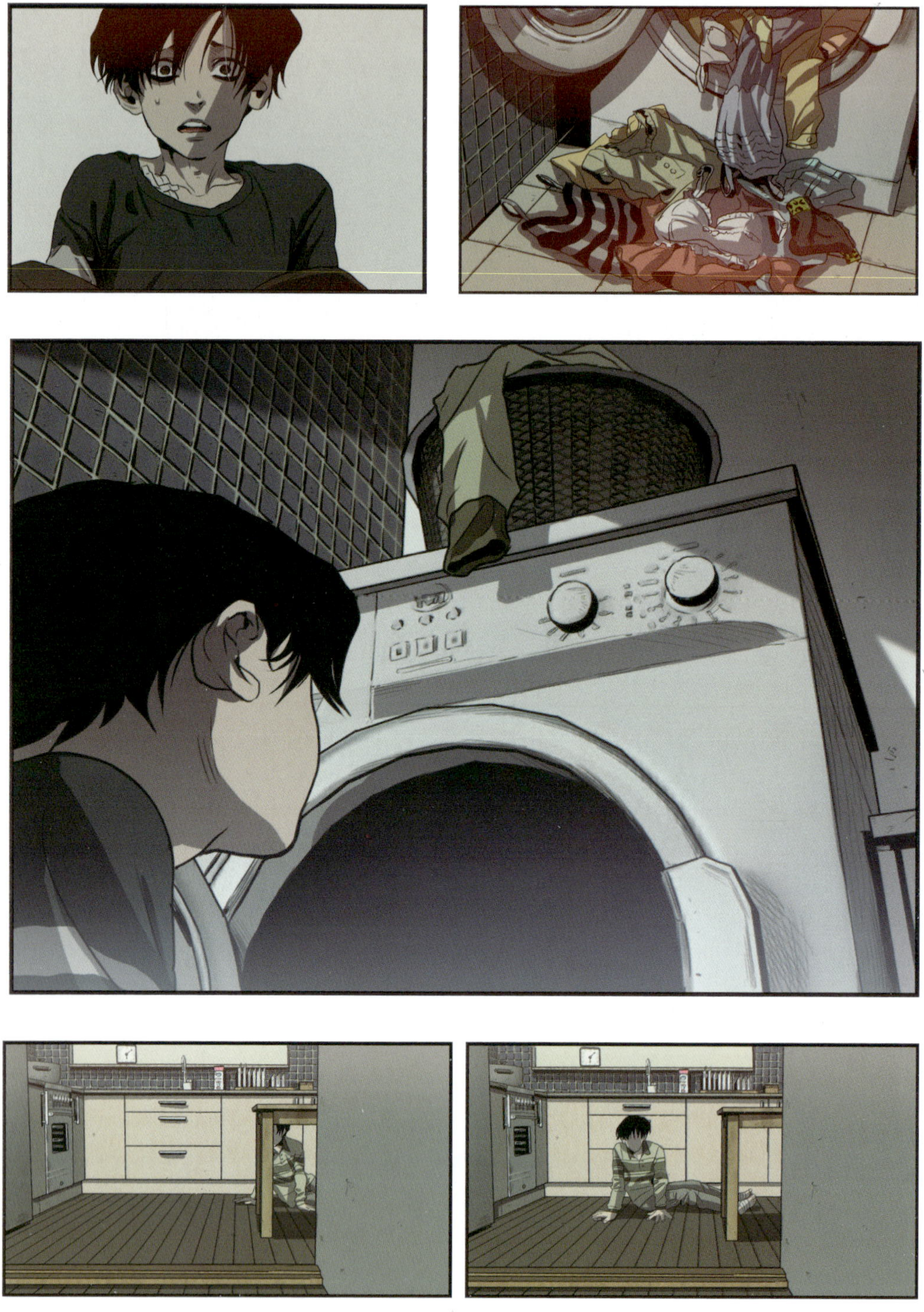

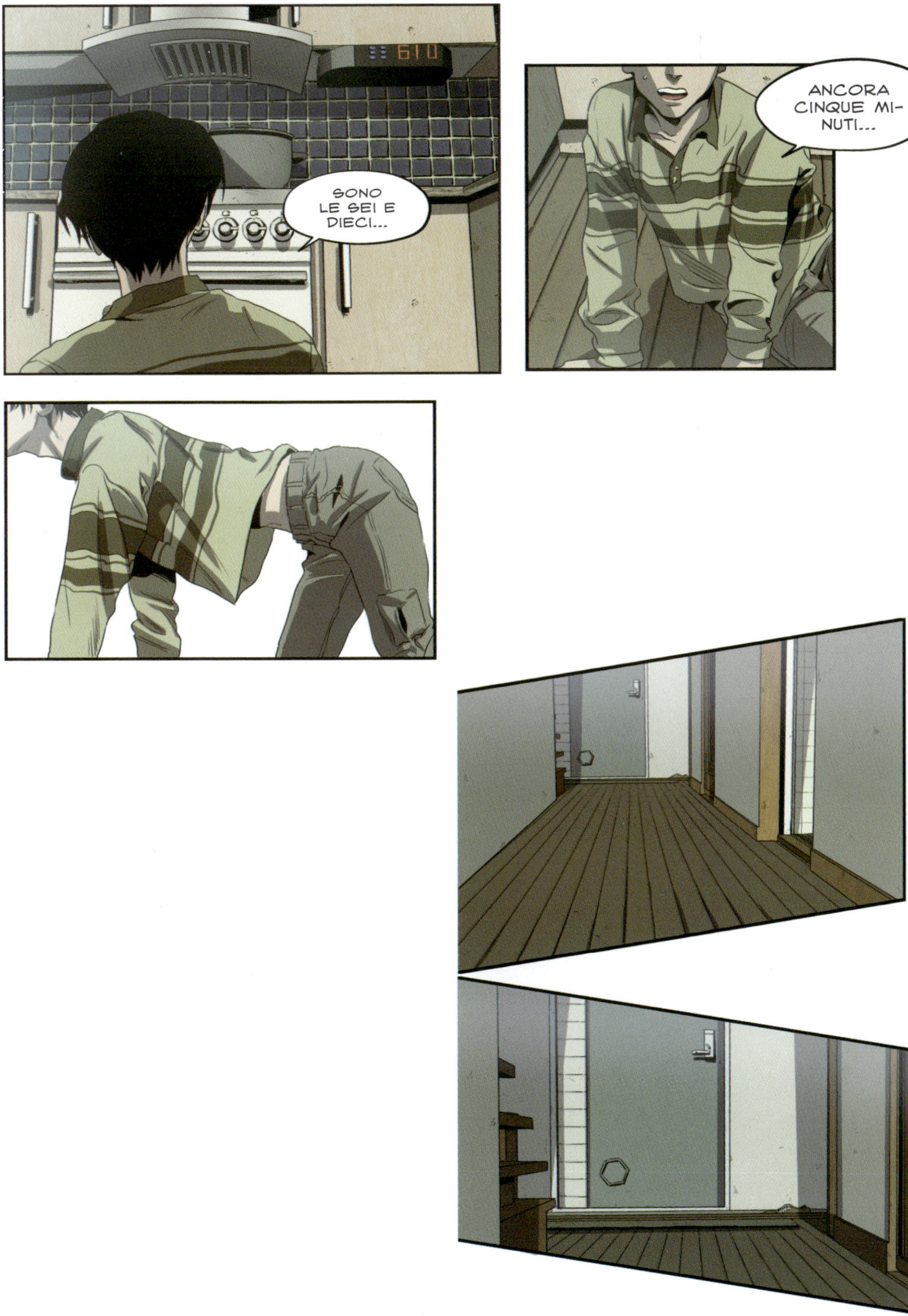
SONO LE SEI E DIECI...
ANCORA CINQUE MINUTI...

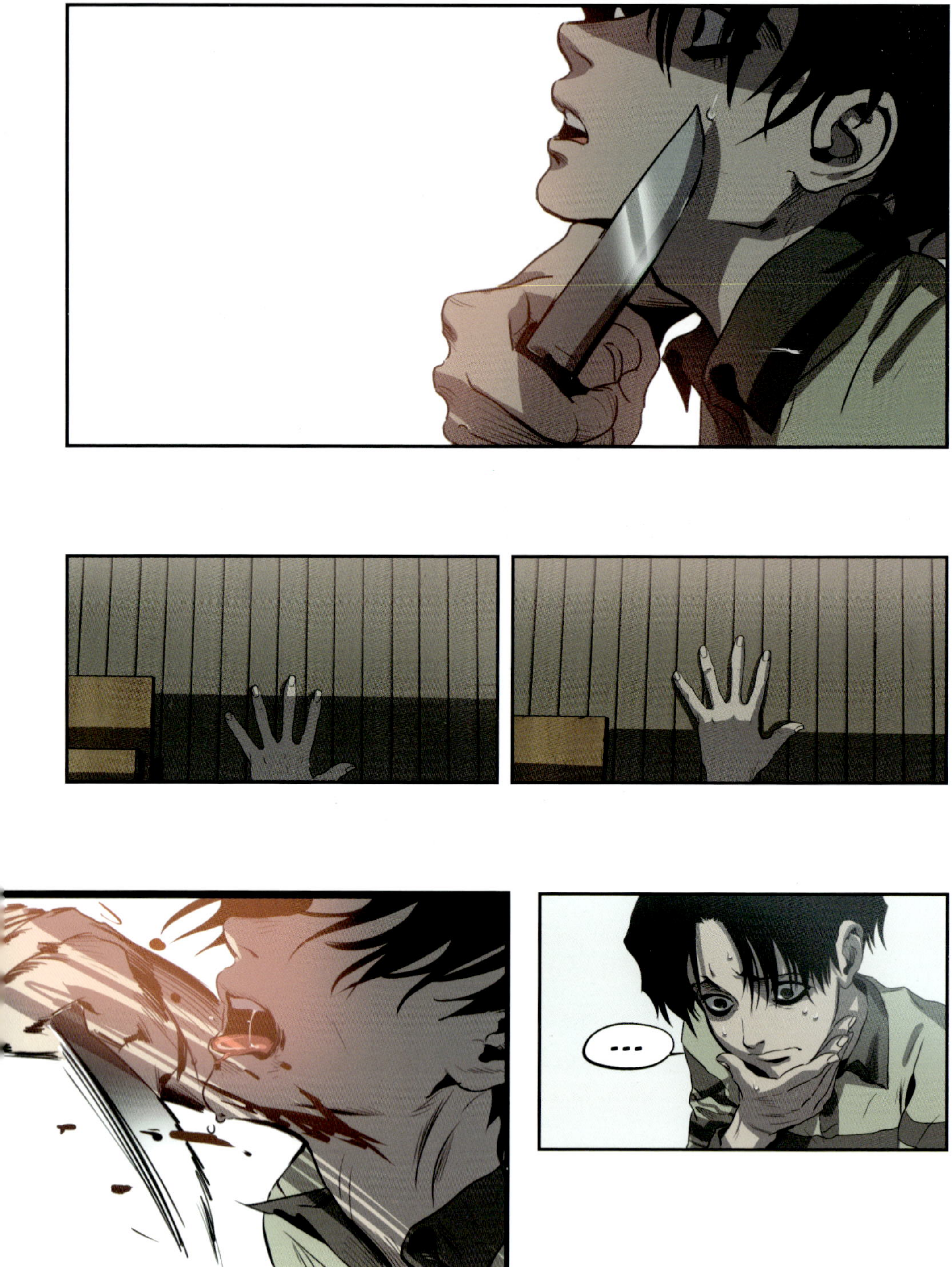

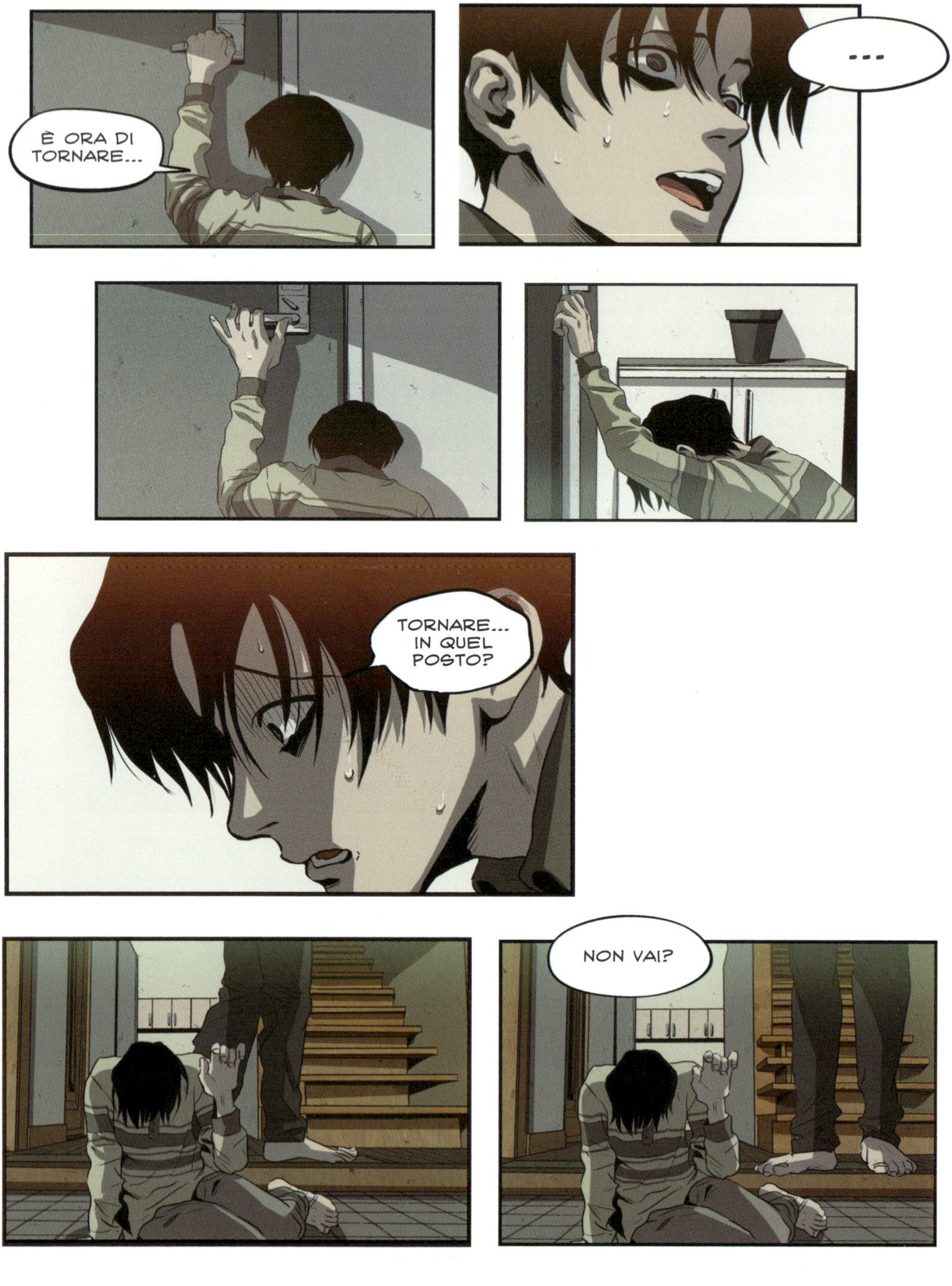
È ORA DI TORNARE...
...
TORNARE... IN QUEL POSTO?
NON VAI?

ORMAI HAI SUPERATO LA LINEA, NO?
O NON HAI UN POSTO DOVE TORNARE? NO. SÌ CHE CE L'HAI.
HAI UNA FAMIGLIA CHE TI AMA TANTISSIMO...
TUO ZIO TI STA ASPETTANDO.
HA ANCHE RIFATTO IL LETTO...
SLIDE...

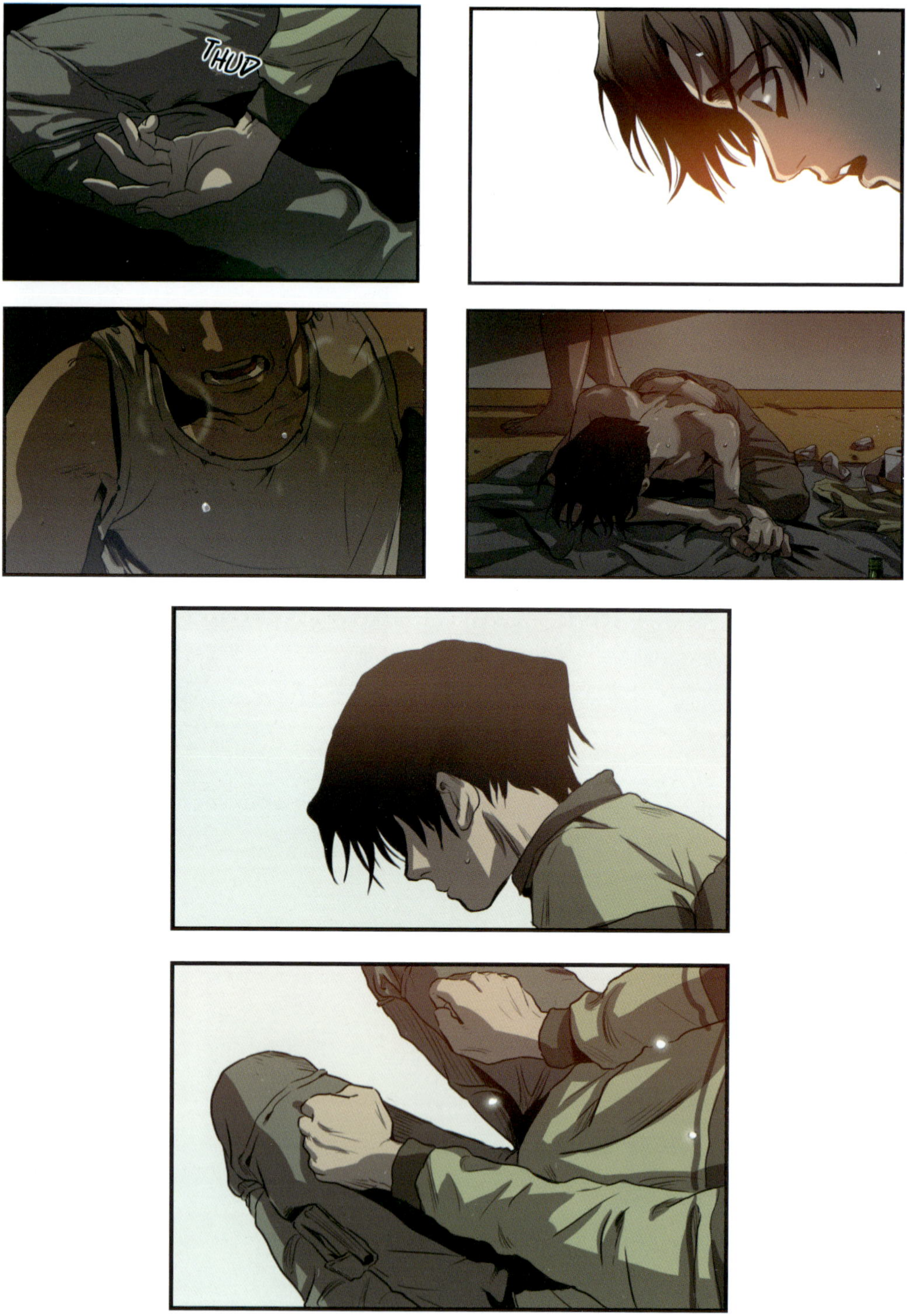
THUD

ALLORA... COSA FARAI?
IO...
... COSA DOVREI FARE...

SANGWOO...
SANGWOO, IO TI AMO...

DAVVERO?
SQUEEZE...
DICI SUL SERIO, VERO?!

SEI STATO TU A PRENDERE QUESTA DECI-SIONE, VA BENE?!
L'HAI SCELTO TU!
NON POTRAI PIÙ CAMBIARE IDEA, CHIARO?!
RESTERAI CON ME PER SEMPRE...
TICK TOCK
TICK TOCK
PANT
PANT

TICK TOCK
TICK TOCK
SONO GIÀ PASSATI... QUA-RANTA MINUTI?

SPLAT
SPLAT
SPLAT

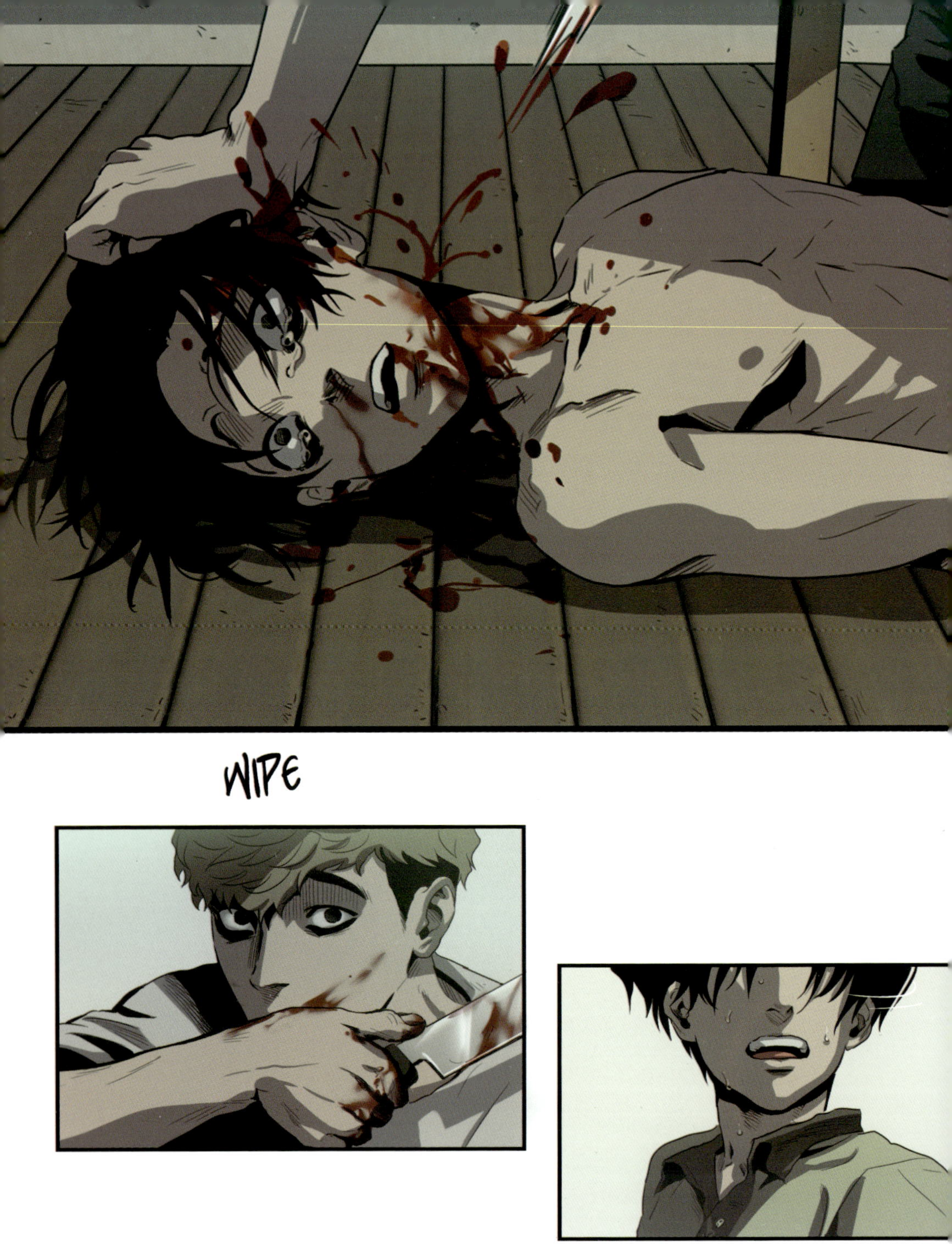
WIPE

FWIP
TICK TOCK
TICK TOCK
STEP
STEP
AH...

TICK TOCK
AH...
DONG-
DONG-

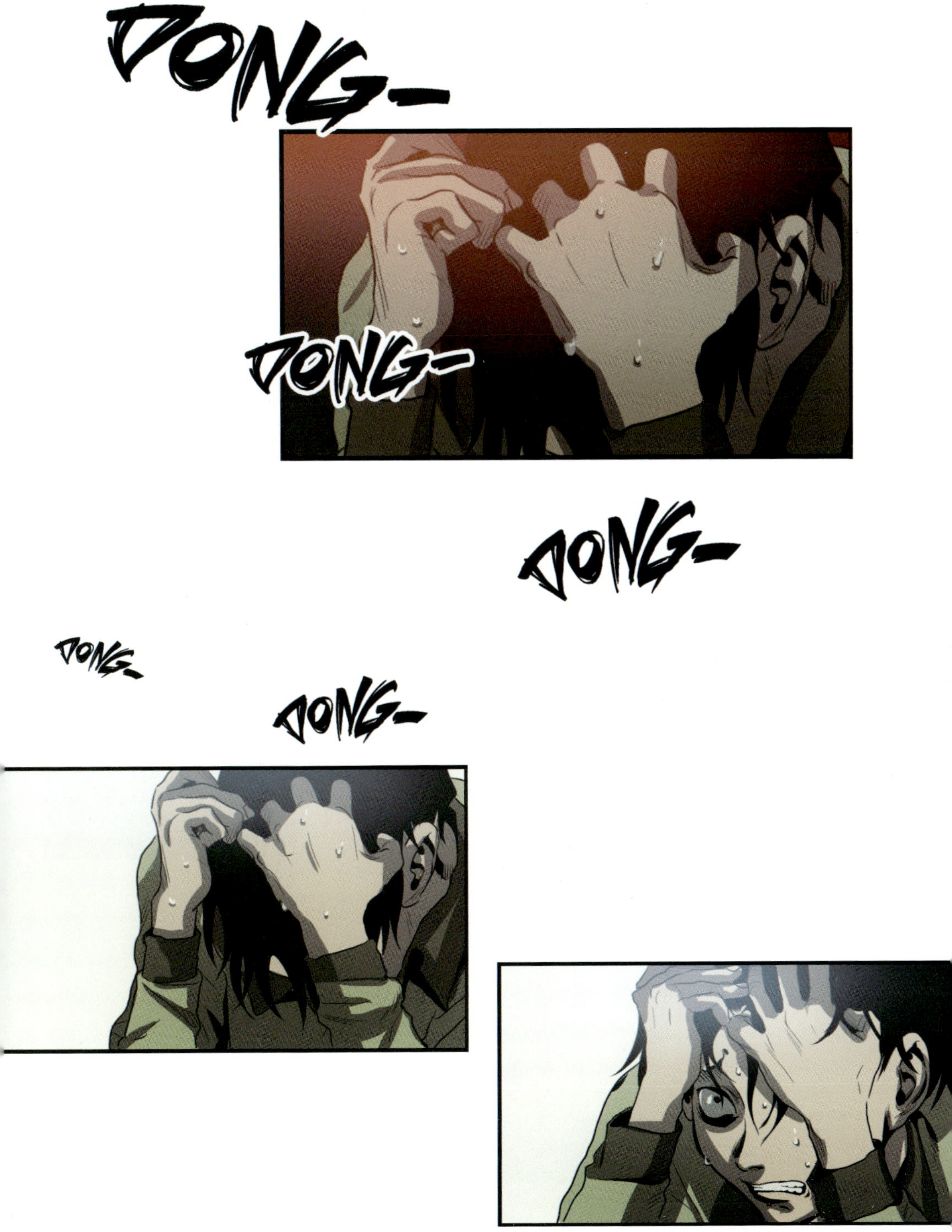
DONG-
DONG-
DONG-
DONG-
DONG-

AH...
WOOSH
AH...
AH! NON È... ANCORA...
PANT
PANT
CHE ORE SONO?!
SONO ANCORA LE SEI E MEZZA...

GRAZIE A DIO...
AH...
AH...
... C'È ANCORA TEMPO...
AH...
AH...
FINIRÒ CON L'IMPAZZIRE...
DOVREI SEMPLICEMENTE PRENDERE E ANDARMENE!
TORNARE INDIETRO È...
... MOLTO MEGLIO!
È CENTO, ANZI, MILLE VOLTE MEGLIO!

SANGWOO...
ADDIO.

AH...
QUESTO PROFUMO DI PIOGGIA...
... NON SI SPOSAVA BENE CON IL TRAMONTO, MA...
... ERA UGUALMENTE SPLENDIDO.
E QUEL LEGGERO ODORE DI SIGARETTA...

HISSS...
with
Singing my life with his words
killing me softly
with his song

capitolo 8

SA...
SANGWOO...
SANG...
MI PIACI!
TI AMO!
FARÒ QUALUNQUE COSA! IO...
AH...
AH! AH! AH! È STATA DAVVERO UNA BELLA RECI-TA...
PER POCO NON CI CA-SCAVO...

NON È VERO... IO... QUESTO È...
...
PER FAVORE, LASCIAMI VIVERE! SOLO PER QUESTA VOLTA... TI PREGO, PERDONAMI!
SANGWOO, TI PREGO...
PIANTALA. QUANTE VOLTE DEVO SENTIRTI RIPETERE "TI PREGO"?
FAI SEMPRE COSÌ. È DIVENTATO UN VIZIO.
NON RIESCO A CAPIRE COSA SIA VERO E COSA NO.

DILUVIA, CAZZO...
SONO USCITO, MA PERCHÉ?
VOGLIO USCIRE...
VOGLIO ANDARE A CASA!
VOGLIO ANDARE A CASA...

EH?
ME NE VADO!
ME NE VADO!
ME NE VADO!
SLIP
CRASH

CHE PALLE...
MA CHE COMBINI?
?

?
AIUTO!
KSHHHHHHH
AIUTATEMI!
QUALCUNO MI AIUTI...
C'È QUALCUNO?!
KSHHHH
AH, CAPISCO!

SPLASH
SPLASH
SALVATELO!
C'È QUALCUNO QUI?
SALVATELO!
DEVI GRIDARE PIÙ FORTE!

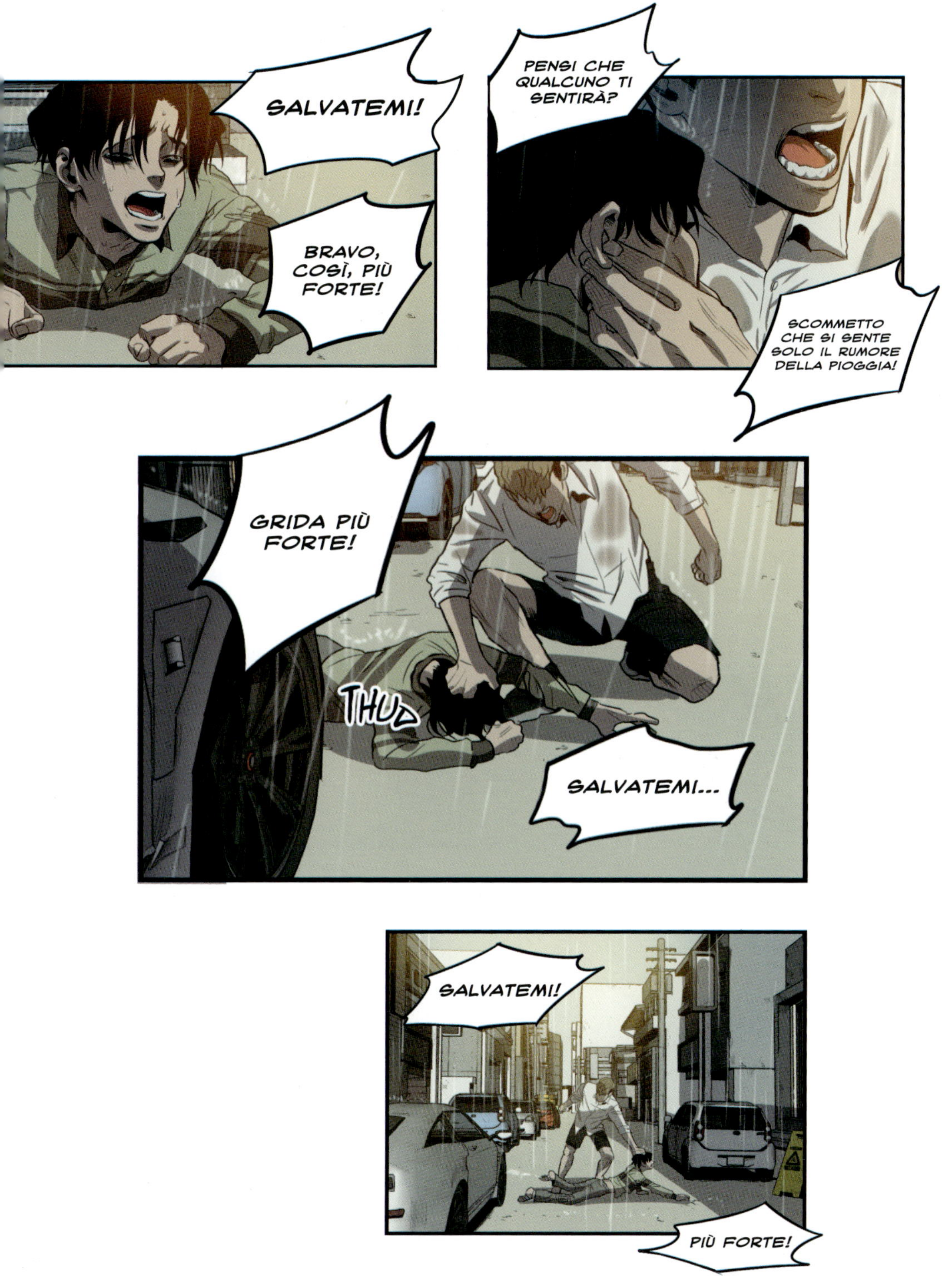
SALVATEMI!
BRAVO, COSÌ, PIÙ FORTE!
PENSI CHE QUALCUNO TI SENTIRÀ?
SCOMMETTO CHE SI SENTE SOLO IL RUMORE DELLA PIOGGIA!
GRIDA PIÙ FORTE!
THUD
SALVATEMI...
SALVATEMI!
PIÙ FORTE!

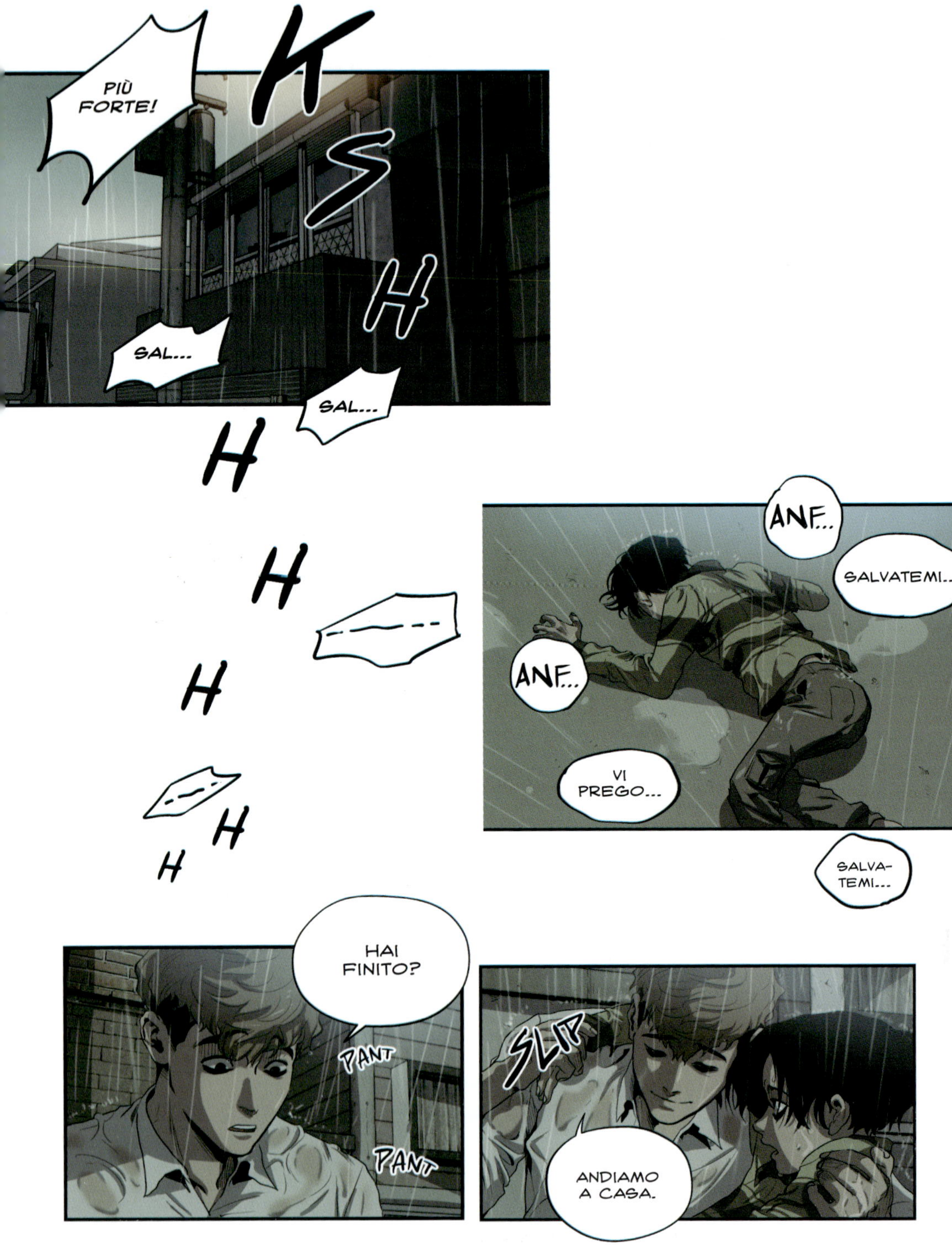
PIÙ FORTE!
KSH
SAL...
SAL...
H
H
H
H
H
ANF...
SALVATEMI...
ANF...
VI PREGO...
SALVATEMI...
HAI FINITO?
PANT
PANT
SLIP
ANDIAMO A CASA.

TI FARÒ UN TÈ CALDO, OKAY?
NO! NO!
LASCIAMI STARE! VOGLIO ANDARE A CASA!
FORZA... SMETTI-LA...
LASCIAMI ANDARE, FIGLIO DI PUTTANA!
THUD
BEEP
WHWACK
BEEP
BEEP
BEEP
BEEP

THUD
THUD
THUD

THUD
BUMP

WOAH... VUOI CHE TI RACCONTI UNA COSA INTERES-SANTE?
QUESTO QUARTIE-RE NON È MOLTO RACCOMANDABILE. NESSUNO VIENE PIÙ A VIVERE QUI.
ECCO PERCHÉ NON CI SONO NE-GOZI, NÉ CENTRI COMMERCIALI. È FAMOSO PER ES-SERE IN STATO DI ABBANDONO.
E CON QUESTA PIOGGIA, ANCHE SE AVESSI GRI-DATO MOLTO PIÙ FORTE...
... NESSUNO AVREBBE MAI SENTI-TO.

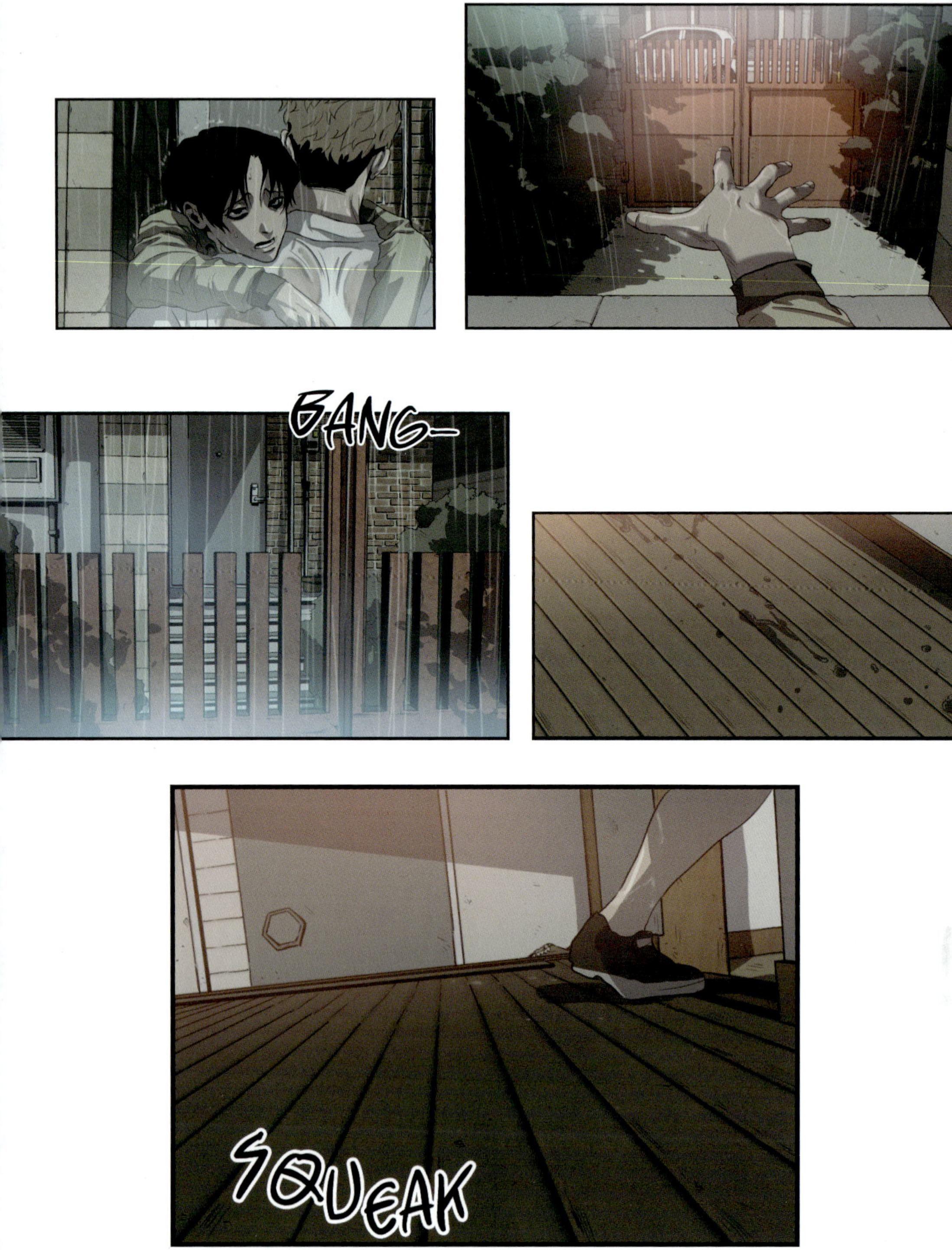
BANG-
SQUEAK

SQUEAK
MUMBLE
MALEDIZIONE, SONO FRADI-CIO.
SQUEAK
MUMBLE
SPERAVO CHE TU NON USCISSI.
SEI TUTTO BAGNATO ANCHE TU...
MA LO HAI FATTO... E ORA ECCOCI QUI.

AHH!!
THUD
QUEL MATERASSO È TUO, ADESSO.
È INTRISO DEL TUO SUDORE. IO NON LO POSSO PIÙ USARE.
D'ORA IN POI, SUCCEDERANNO UN SACCO DI COSE, LÌ DOVE SEI SDRAIATO.
PERCHÉ NON PROVI A INDOVINARE?

IN CASO TU TE LO STIA CHIEDENDO, MI SONO TOLTO I VESTITI PERCHÉ ERANO BAGNATI.
CLINK
CHISSÀ... NON PENSAVO SUCCEDESSE OGGI, PER CUI NON AVEVO ANCORA SCELTO NULLA.
CLINK
CI SONO!
VOGLIO PROVARE CON UNO DI QUESTI DUE!

QUALE SCEGLI?

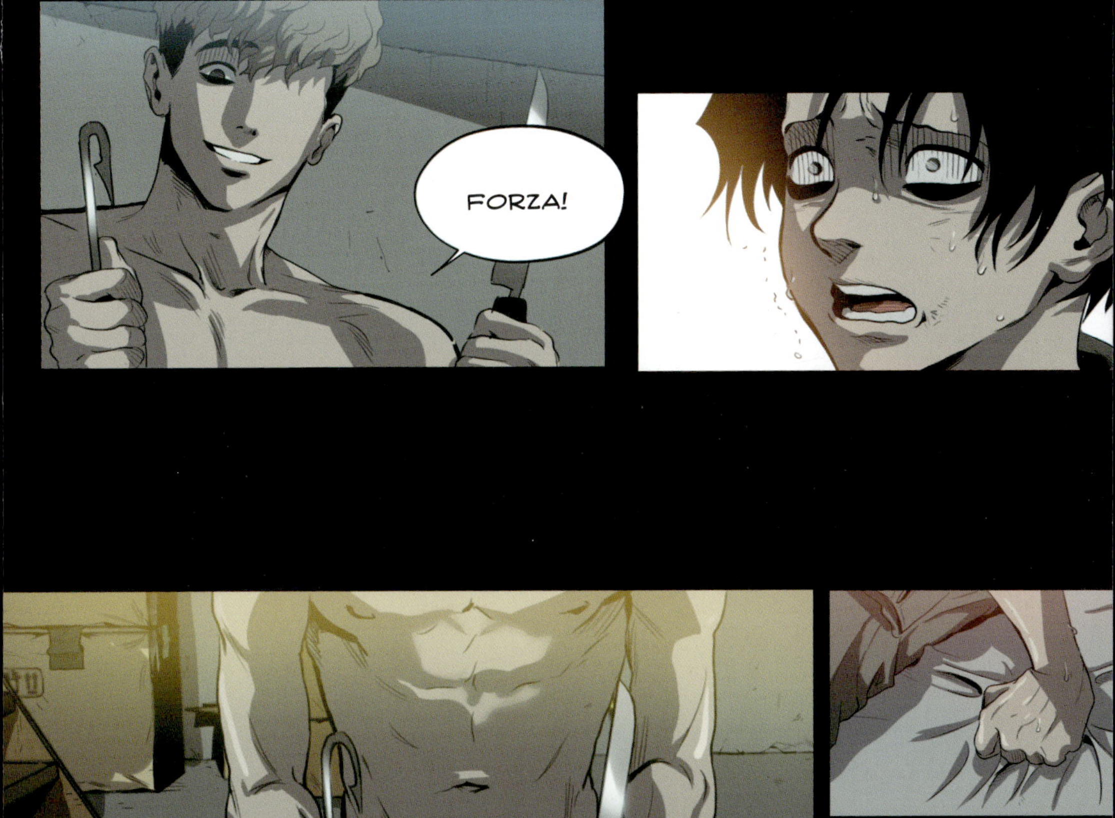
FORZA!

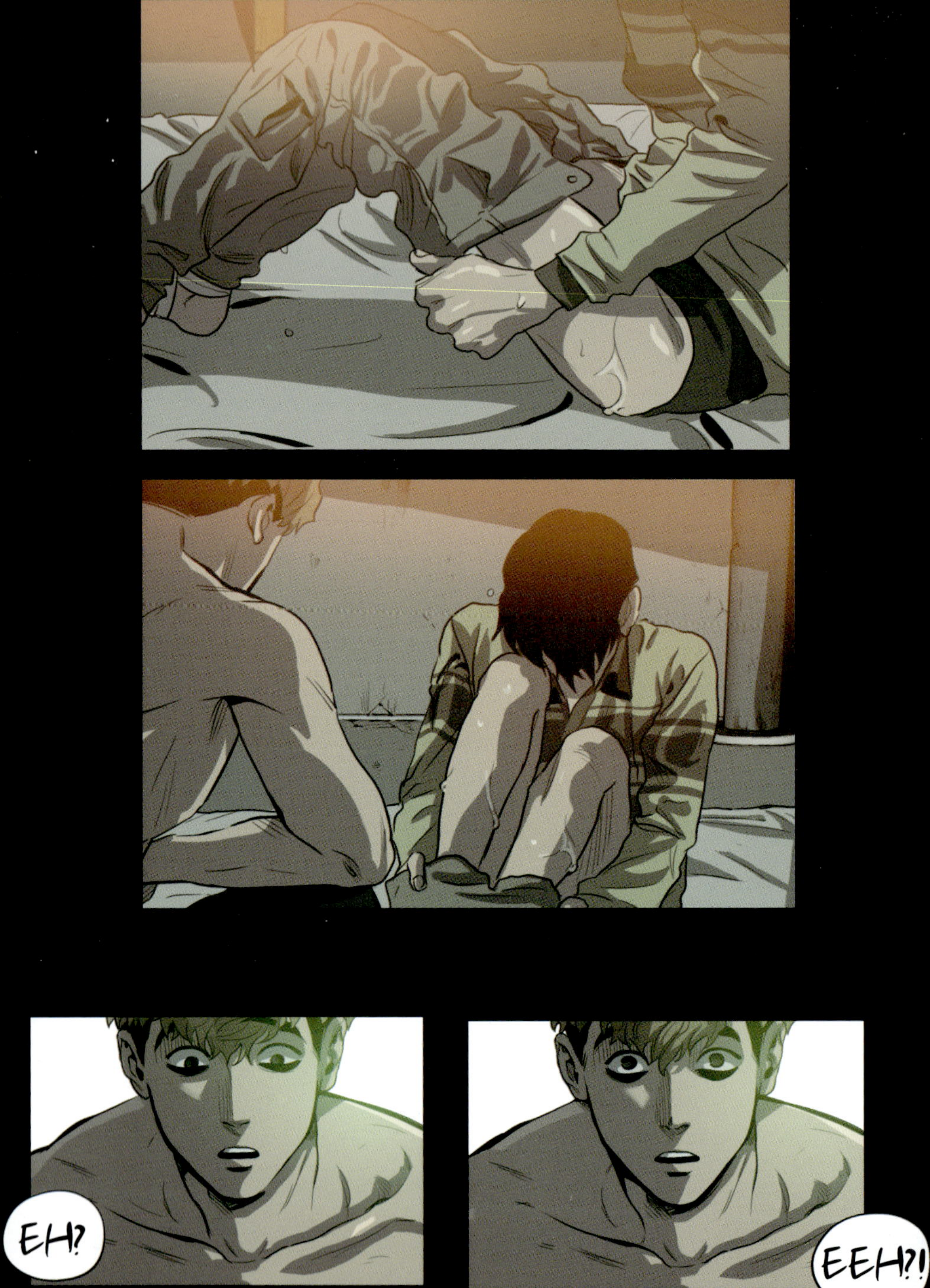
EH?
EEH?!

SANGWOO...

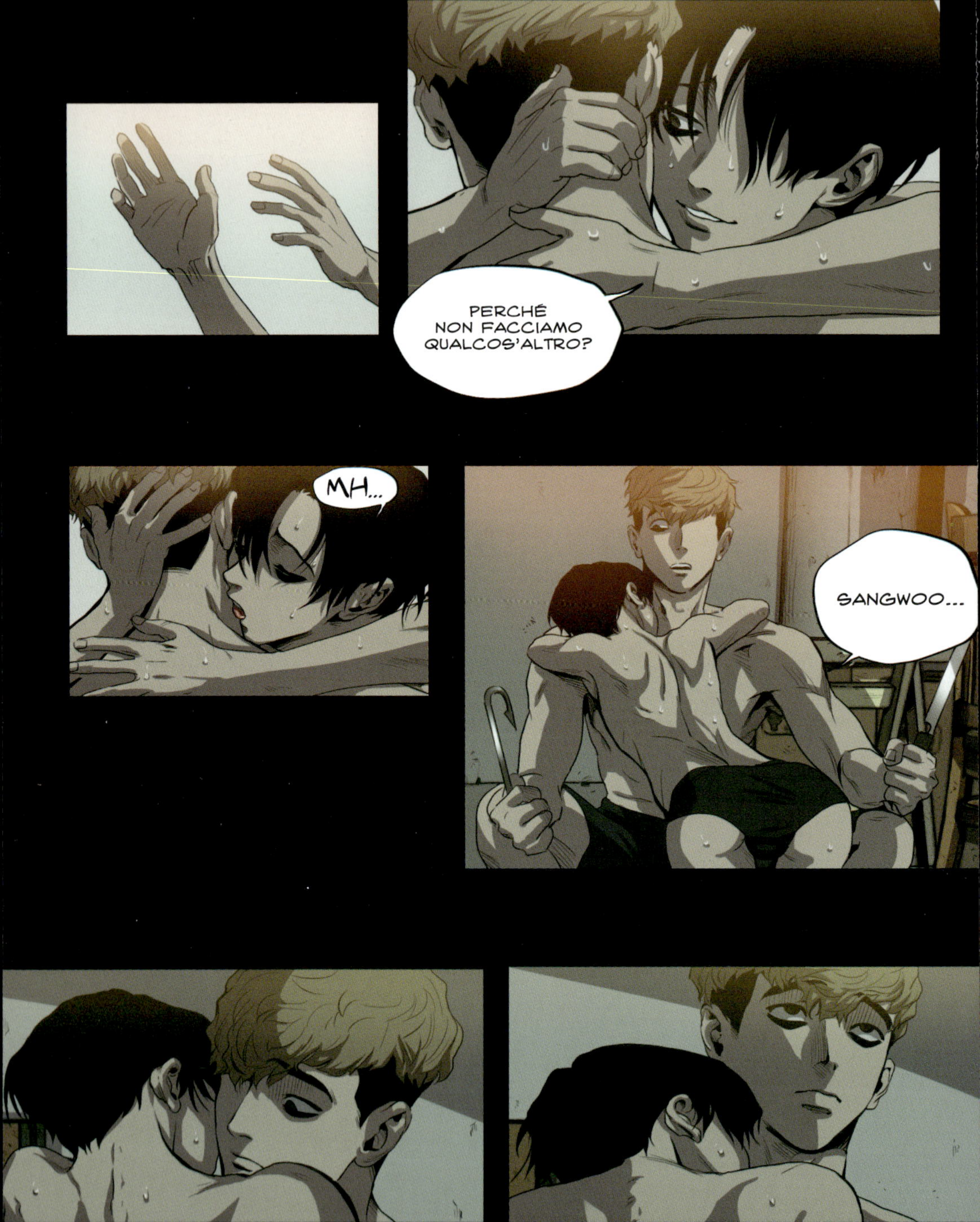
PERCHÉ
NON FACCIAMO
QUALCOS'ALTRO?
MH...
SANGWOO...

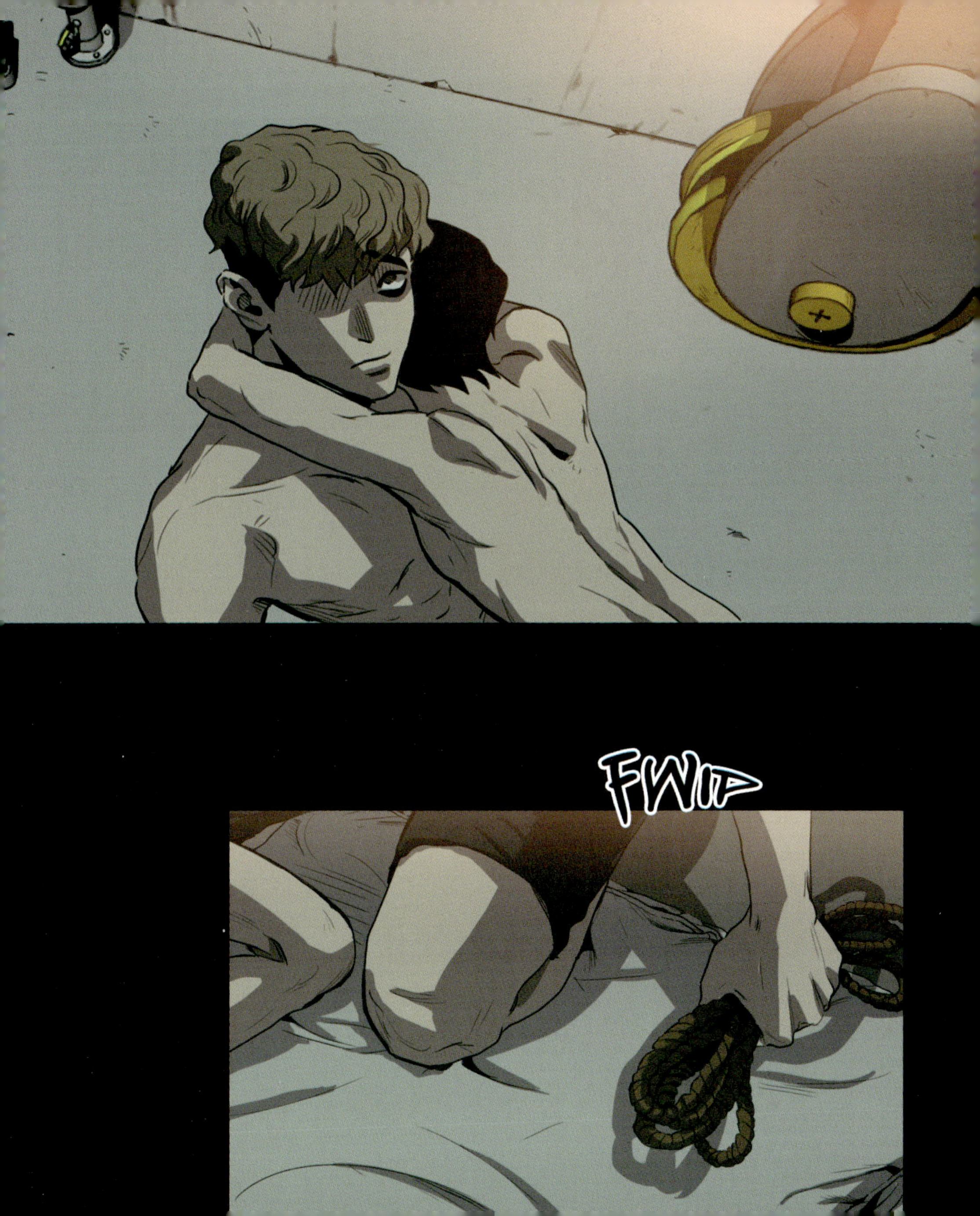
FWIP

KISS
BUM, GUARDA IN ALTO.
?
LO VEDI QUELLO? L'HO COSTRUITO PER TE.
ECCOLO LÌ, IL MOTIVO PER CUI SCENDEVO COSÌ SPESSO.
PER ME?
SÌ!

NON È FANTASTICO?
AH... SÌ...
DAVVERO?
SÌ...
CHE SOLLIEVO.

THWACK

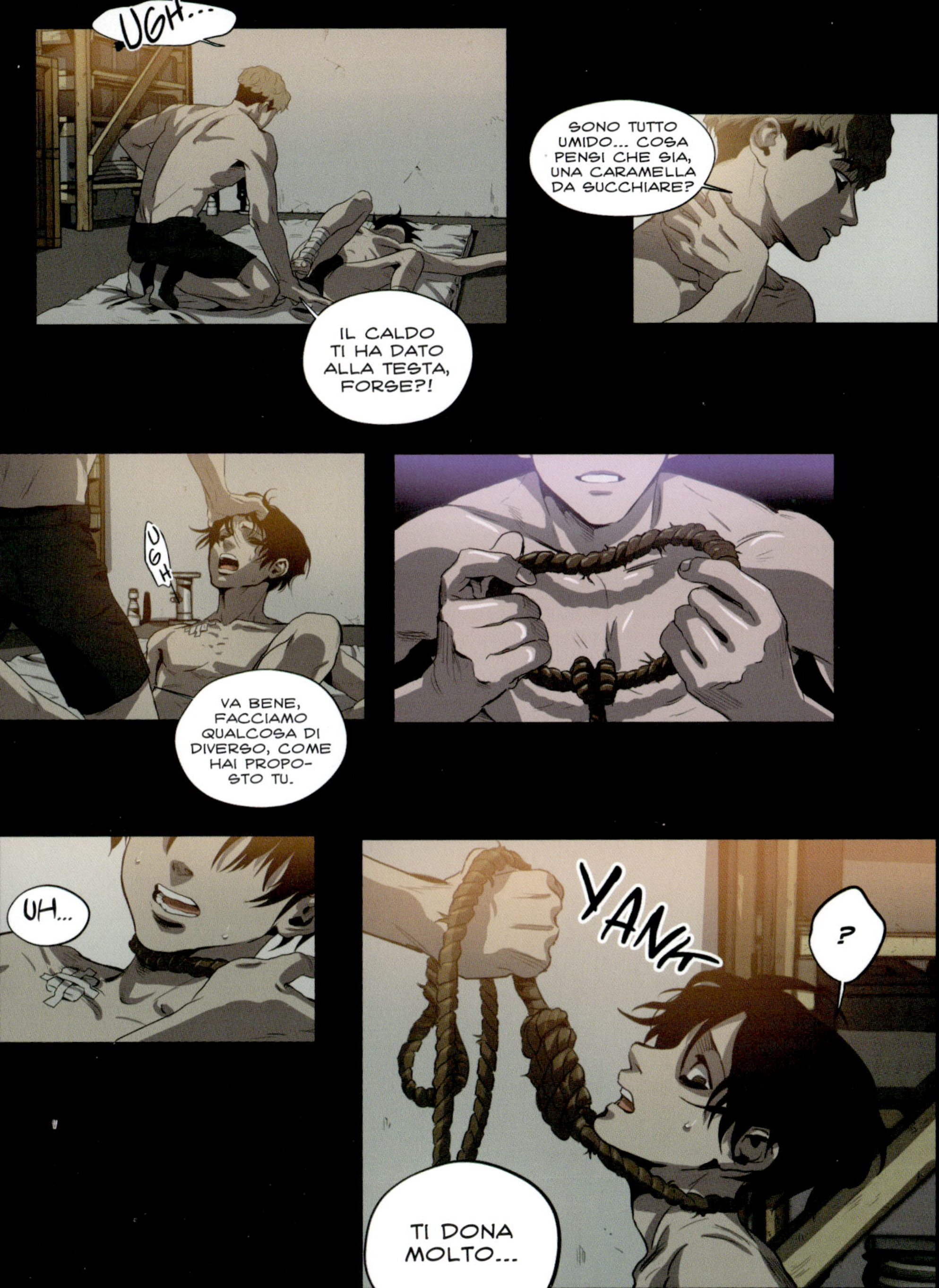
UGH...
SONO TUTTO UMIDO... COSA PENSI CHE SIA, UNA CARAMELLA DA SUCCHIARE?
IL CALDO TI HA DATO ALLA TESTA, FORSE?!
UGH
VA BENE, FACCIAMO QUALCOSA DI DIVERSO, COME HAI PROPOSTO TU.
UH...
YANK
?
TI DONA MOLTO...

SANGWOO!
LIDE
SANGWOO?
CLINK
E STAI ZITTO UN MOMENTO, ROVINI L'ATMOSFERA.
CLINK
CLINK
SEI... MAI SALITO SU UN AERO-PLANO?
AEROPLANO?
PRONTI... DECOLLO!

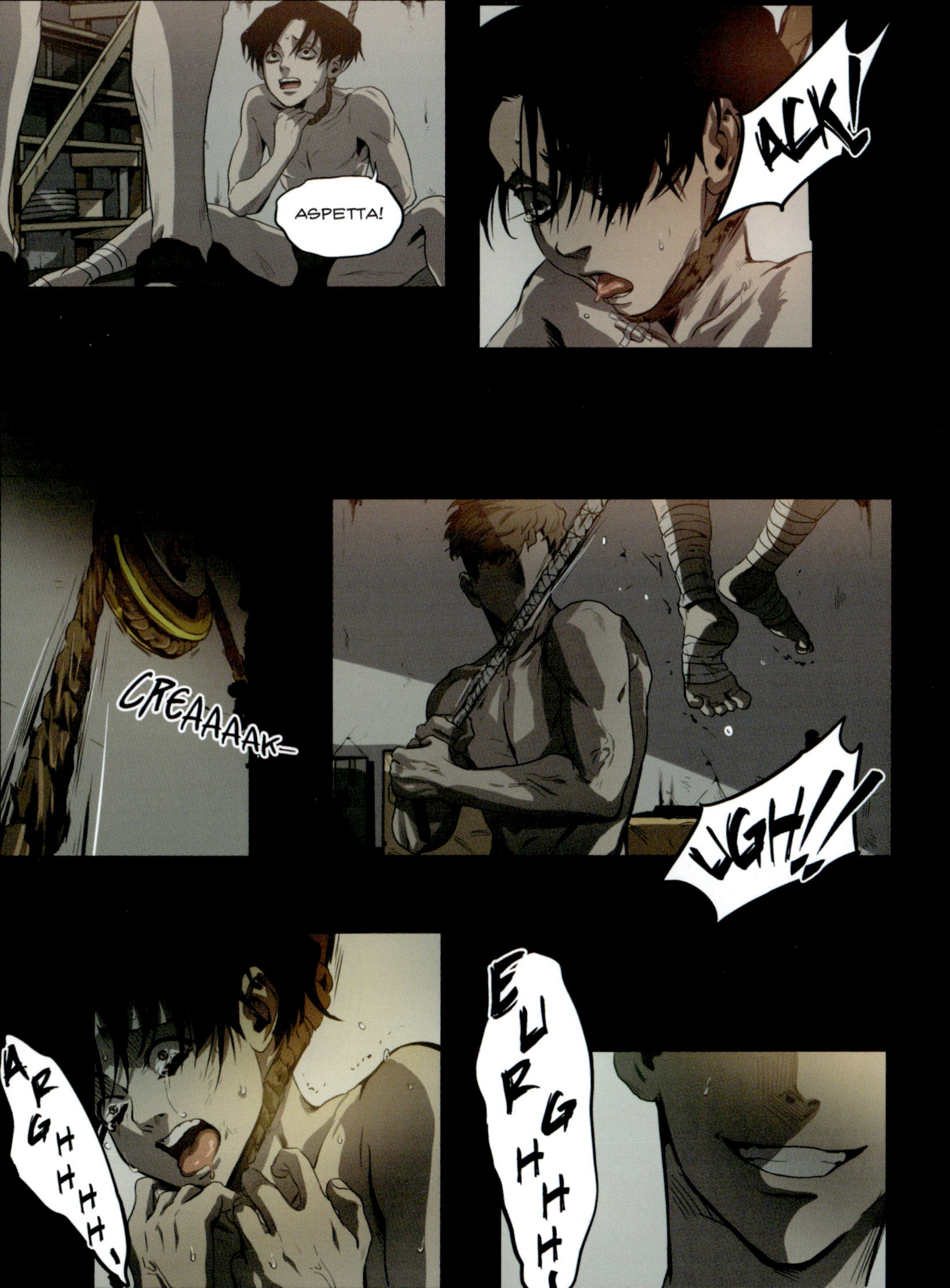
ASPETTA!
ACK!
CREAAAAAK—
UGH!!
ARGHHHH!
EURGHHHH!

CHE SCHIFO... SEMBRI UN MAIALE AL MACELLO.
UGH... EURGH...
EEK...
EEEK...
TREMBLE
DEVE ESSERE DURA...
EHI, NIENTE MANI.
THUD
ARGH!
SLIP
COS'È SUCCESSO AL BUM YOON CHE MI CHIAMAVA "SANGWOO" TUTTO SORRIDENTE?
YANK-
AH!
GASP
GASP
AAARGH... IIIIIH...
VEDIAMO SE SORRIDERAI ANCORA, DOPO QUESTO!
GASP
GASP
NON...

GASP
UGH...
GASP
WRIGGLE
WRIGGLE
GASP
URGH...
S... SANGWOO!
!
THUMP
GASP
AAAH... SALVA... MI...
GASP
SANGWOO...
GASP
SA... SANGWOO...
GASP

GASP
SANGWOO...
SAL... VAMI...
GASP
SANGWOO...
GASP
AH! CAZZO!
GASP
STAI ANCORA CHIAMANDO IL MIO NOME?
VEDI DI PIANTARLA, STRONZET-TO.
GASP
GASP
SANG... WOO...
GASP
ARGH! SANGWOO...
GASP
SANG... WOO...

CLINK
CLINK
MALEDIZIONE...
GRAB
AH...
AH...
GASP
SLIP

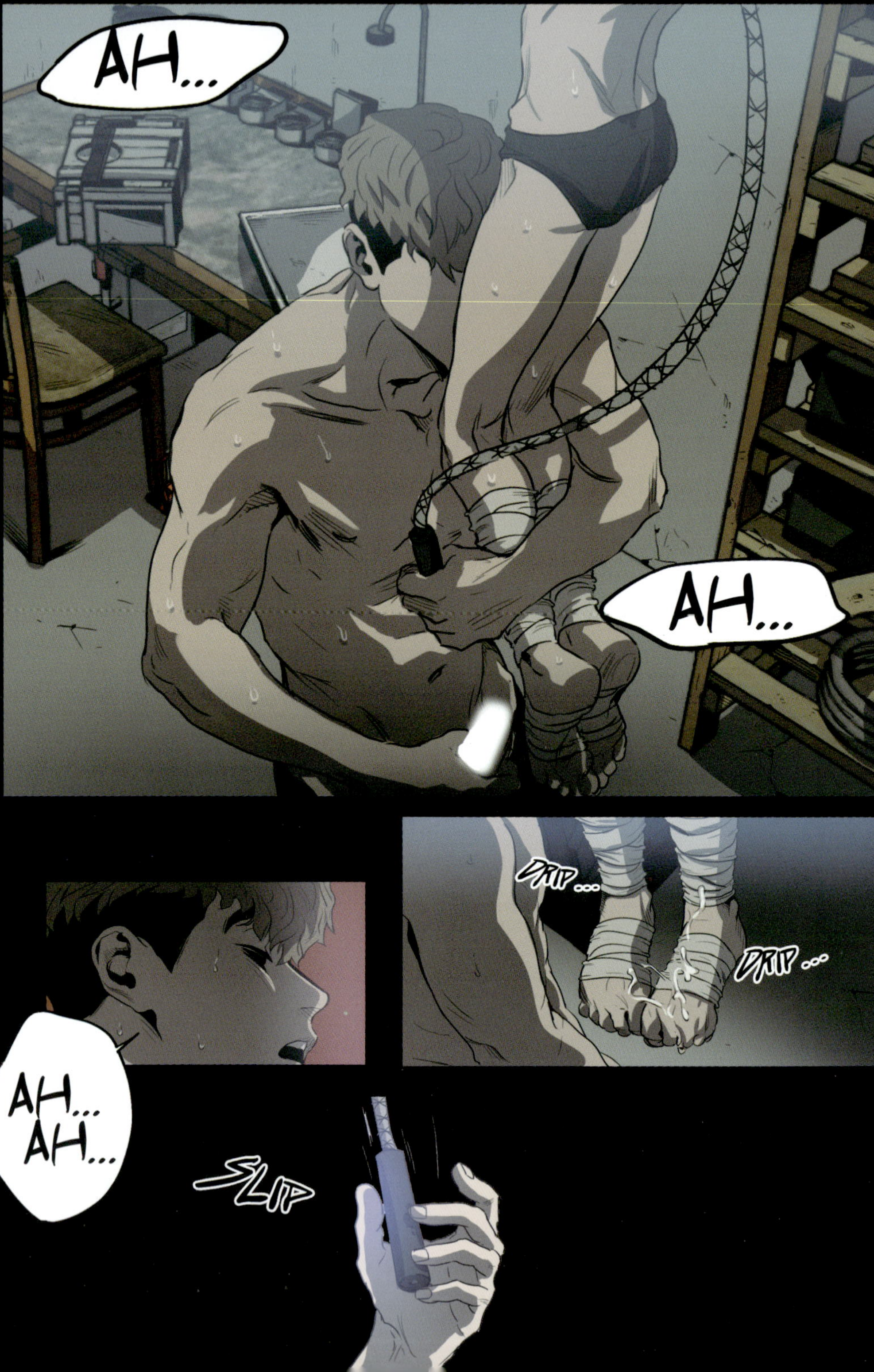
AH...
AH...
DRIP...
DRIP...
AH... AH...
SLIP

THUD
COUGH
COUGH
ANF...
ANF...

PER QUANTO ANCORA VUOI RIMANERE LÌ?
YANK-
ACK!
BUMP
EHI?
TREMBLE
TREMBLE
EHI! EH! EH! EH!
GRAB-
BA...
PANT
BASTA...
PANT
CLENCH-
COUGH
SMETTI-LA...

PANT
VA BENE COSÌ, NO? COSA VUOI DI PIÙ...
PANT
STAI SUPERANDO IL LIMITE...
SE C'È QUALCOSA CHE VUOI, DILLO! SMETTILA DI ESSERE COSÌ...
CHE DIAVOLO VUOI?!
FWIP
FLINCH
SLIDE
GLOP
GLOP
GLOP
SHIVER

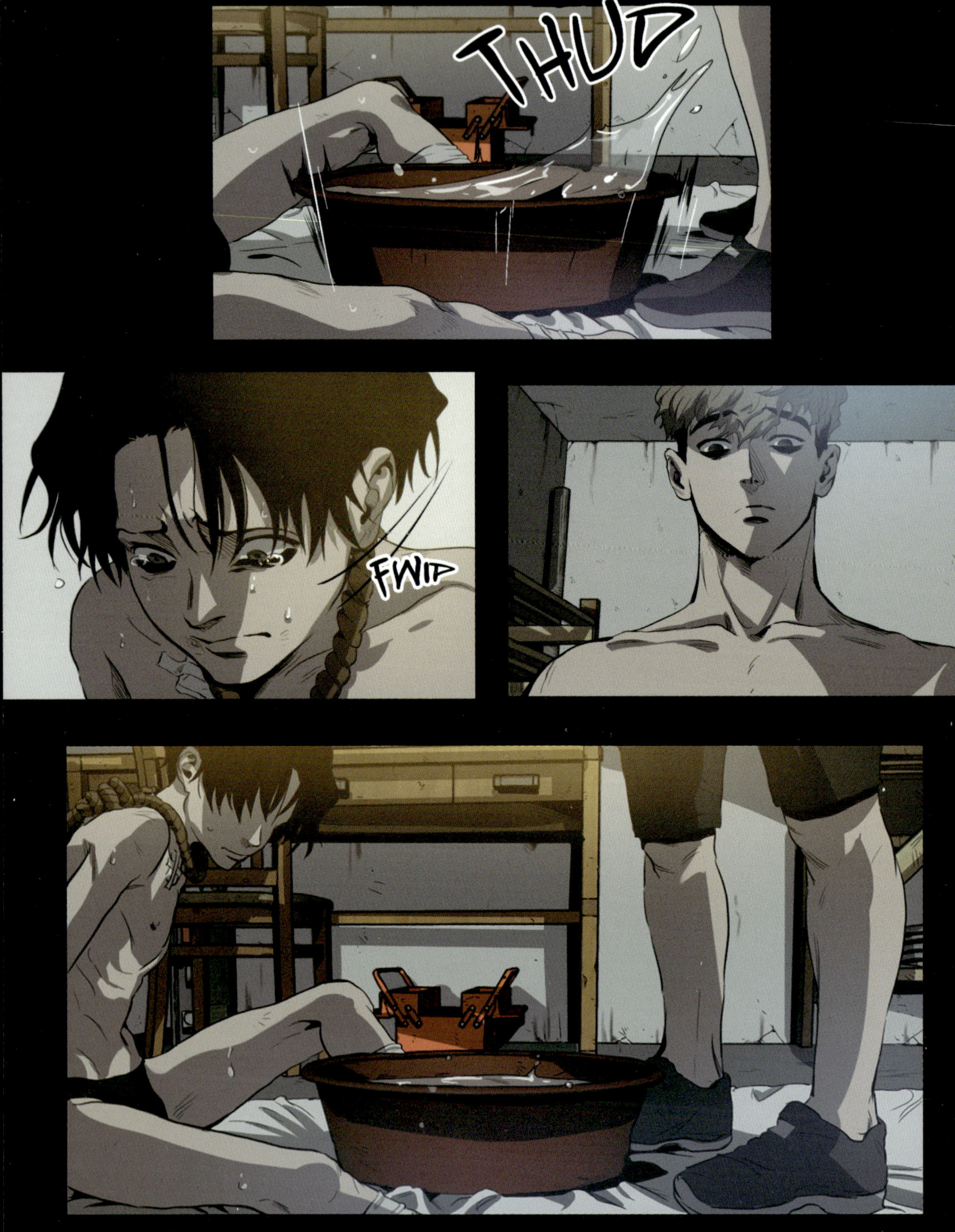
THUD
FWIP

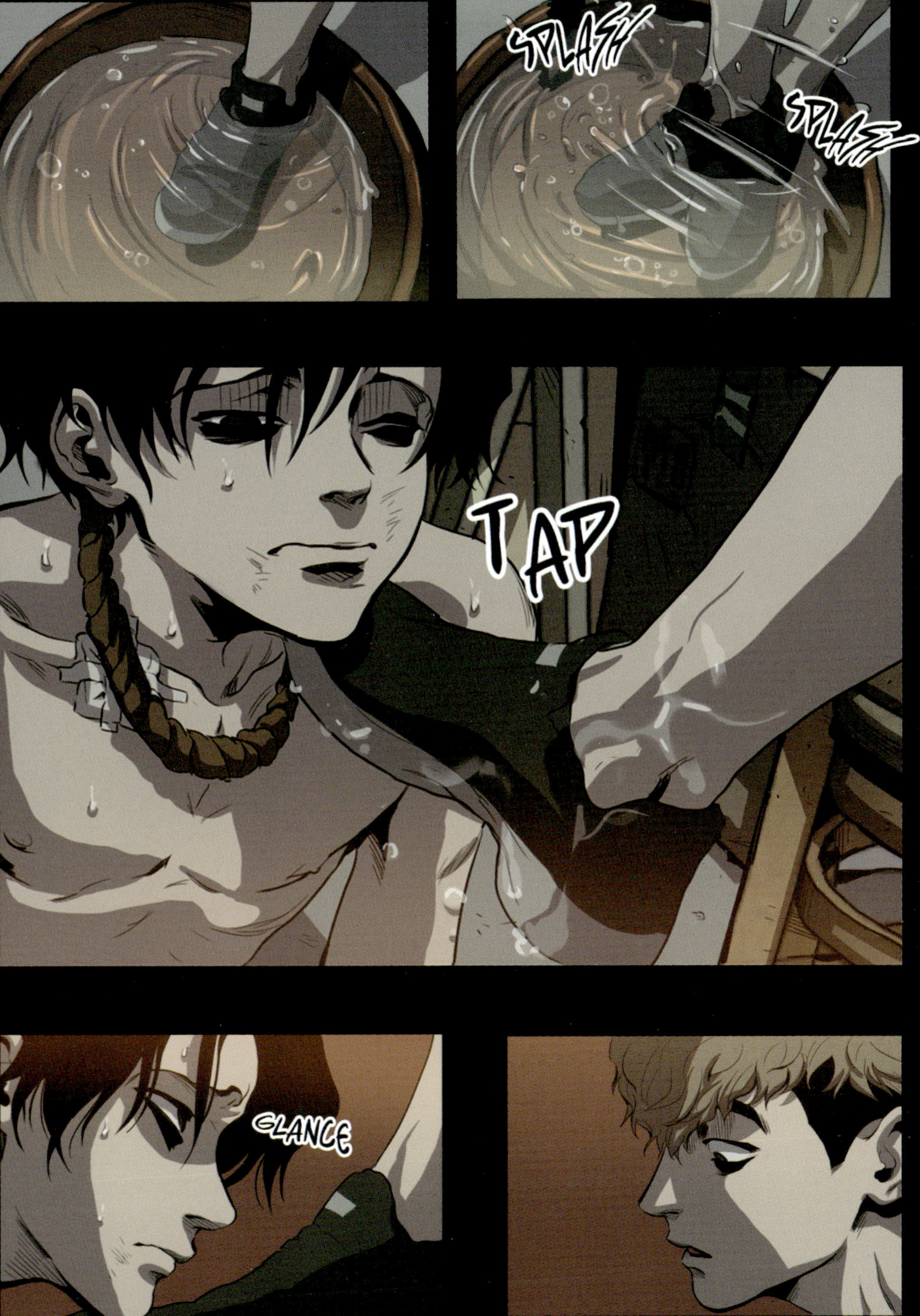
SPLASH
SPLASH
TAP
GLANCE

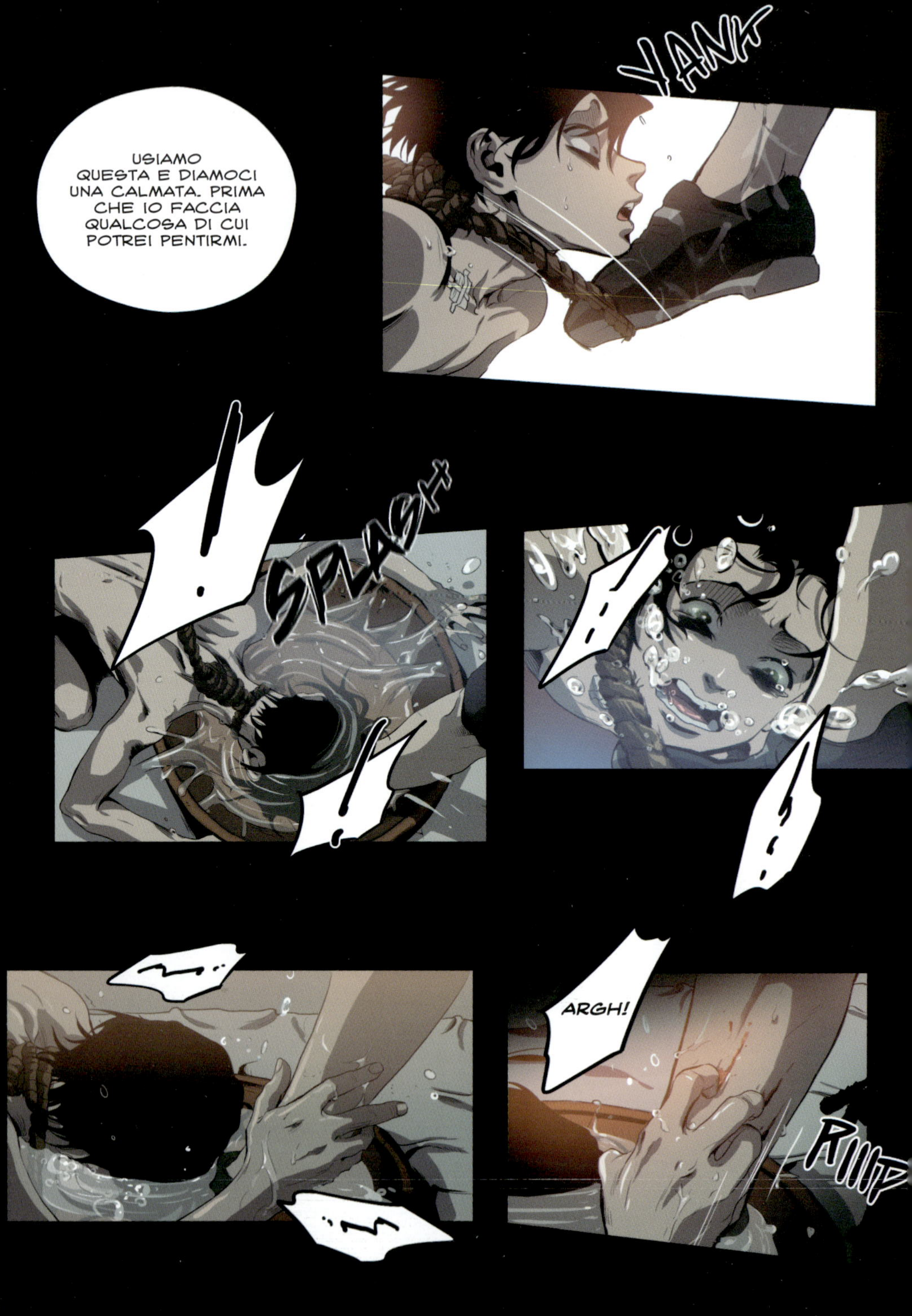
USIAMO QUESTA E DIAMOCI UNA CALMATA. PRIMA CHE IO FACCIA QUALCOSA DI CUI POTREI PENTIRMI.
YANK
!
SPLASH
!
!
!
ARGH!
RIIIP

THWACK
PORCA PUTTANA!
COUGH
COUGH
TI LASCIO DIRE QUEL CAZZO CHE TI PARE...
... E TU PENSI DI POTERMI INSEGNARE COME STARE AL MONDO?!
YANK

VOLEVI SAPERLO, VERO?
THUD
COSA VOLESSI...
PANT
PANT
PANT
...
NIENTE! NON VOGLIO PROPRIO NIENTE!
AH! AH! AH!
WHEW...
AH... MA C'È UNA COSA CHE HO SEMPRE FATTO AGLI IDIOTI DISOBBEDIENTI COME TE...
... GLI IPOCRITI DEL CAZZO COME TE.

POKE
QUESTO!
SPLAT!

SHING
SHING
HISS~
HISS~

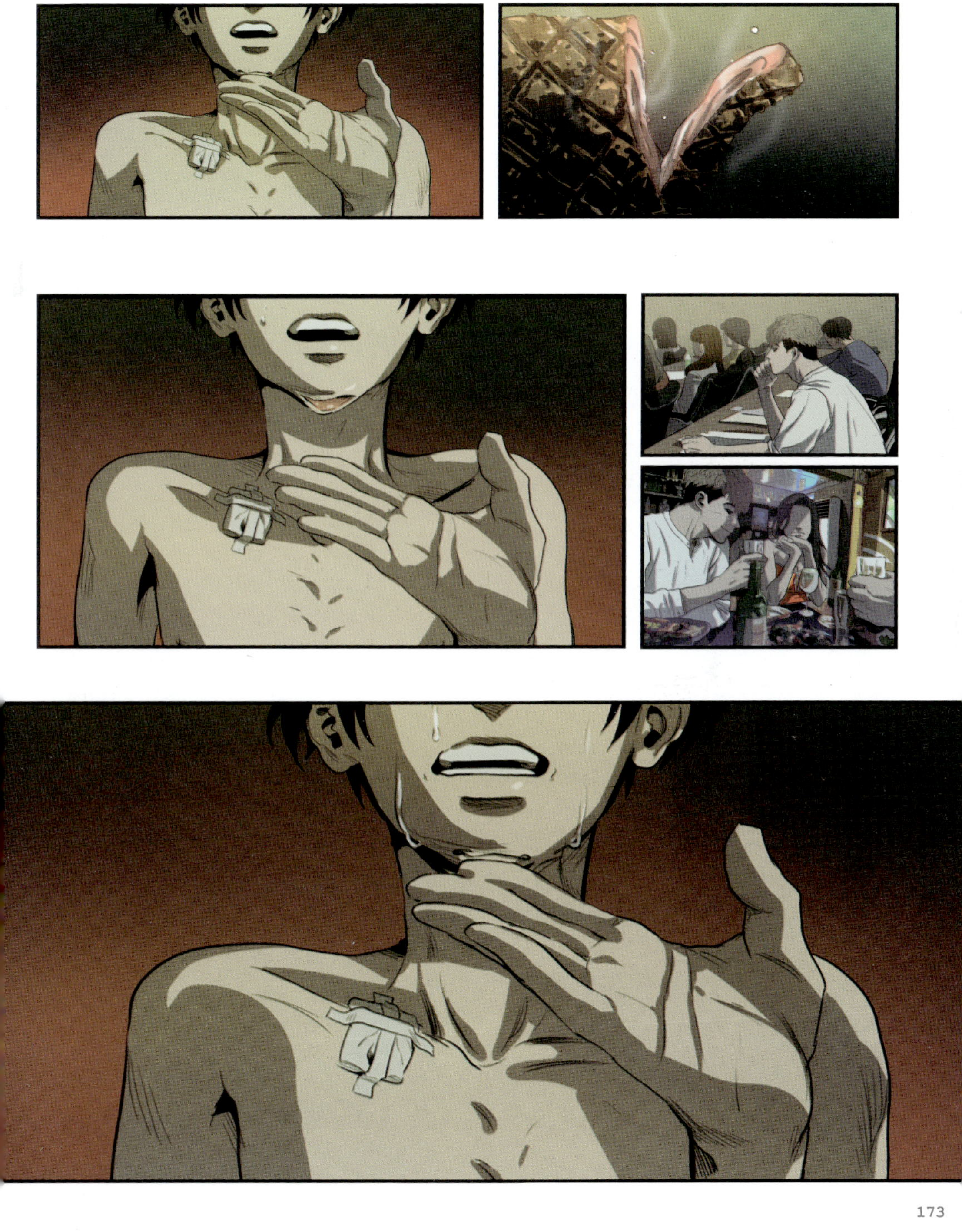

DRIP

CLAP
CLAP

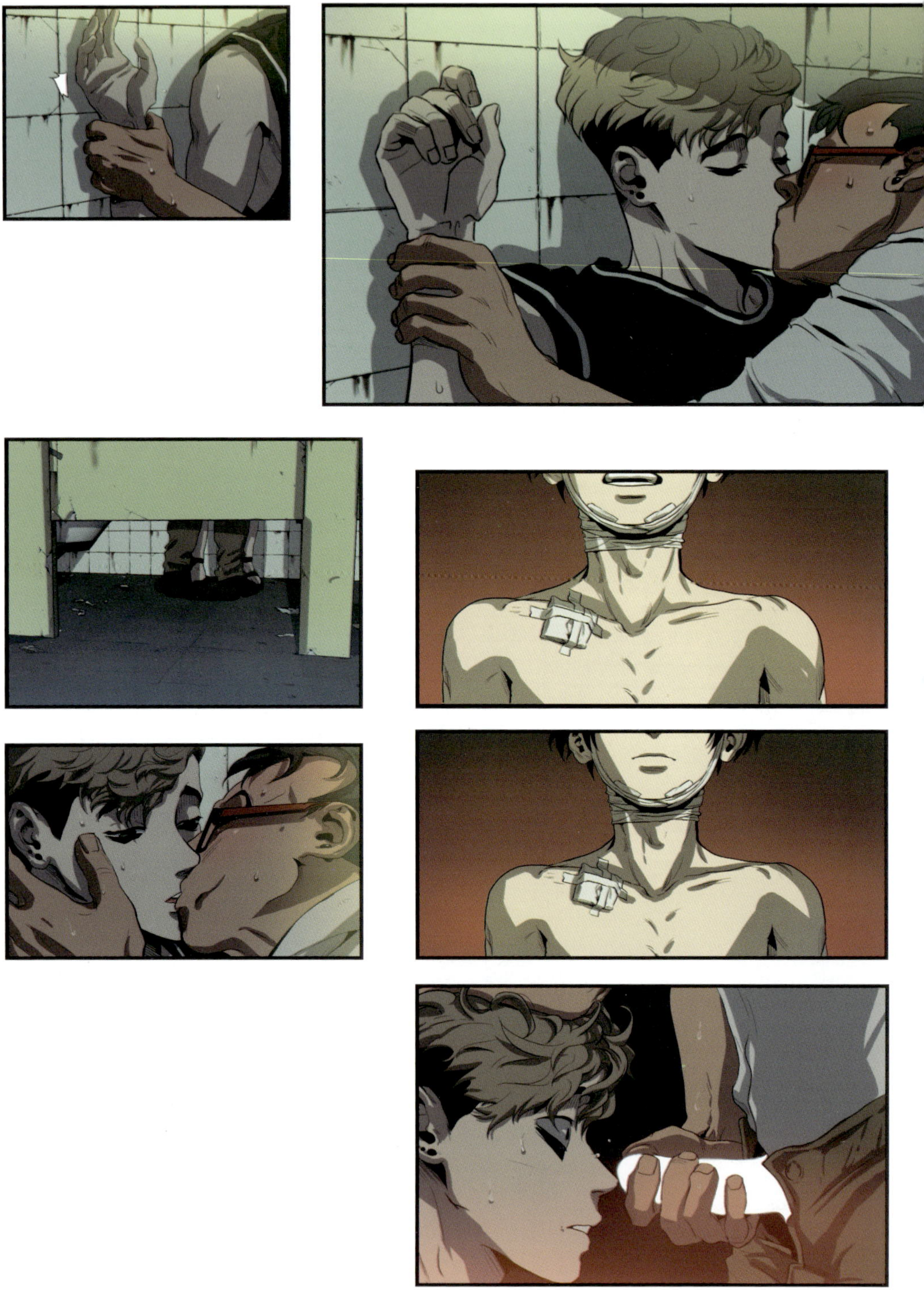

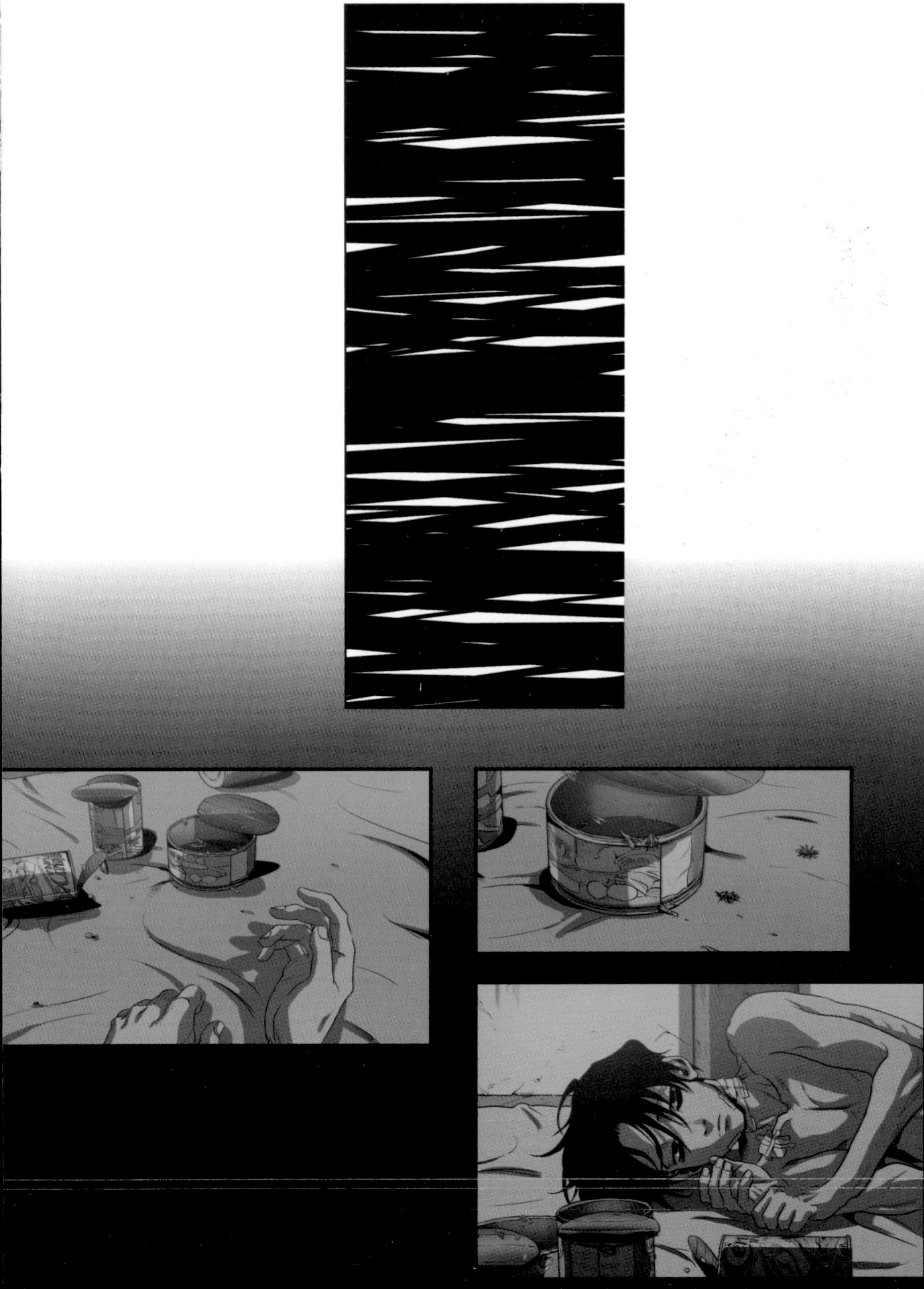

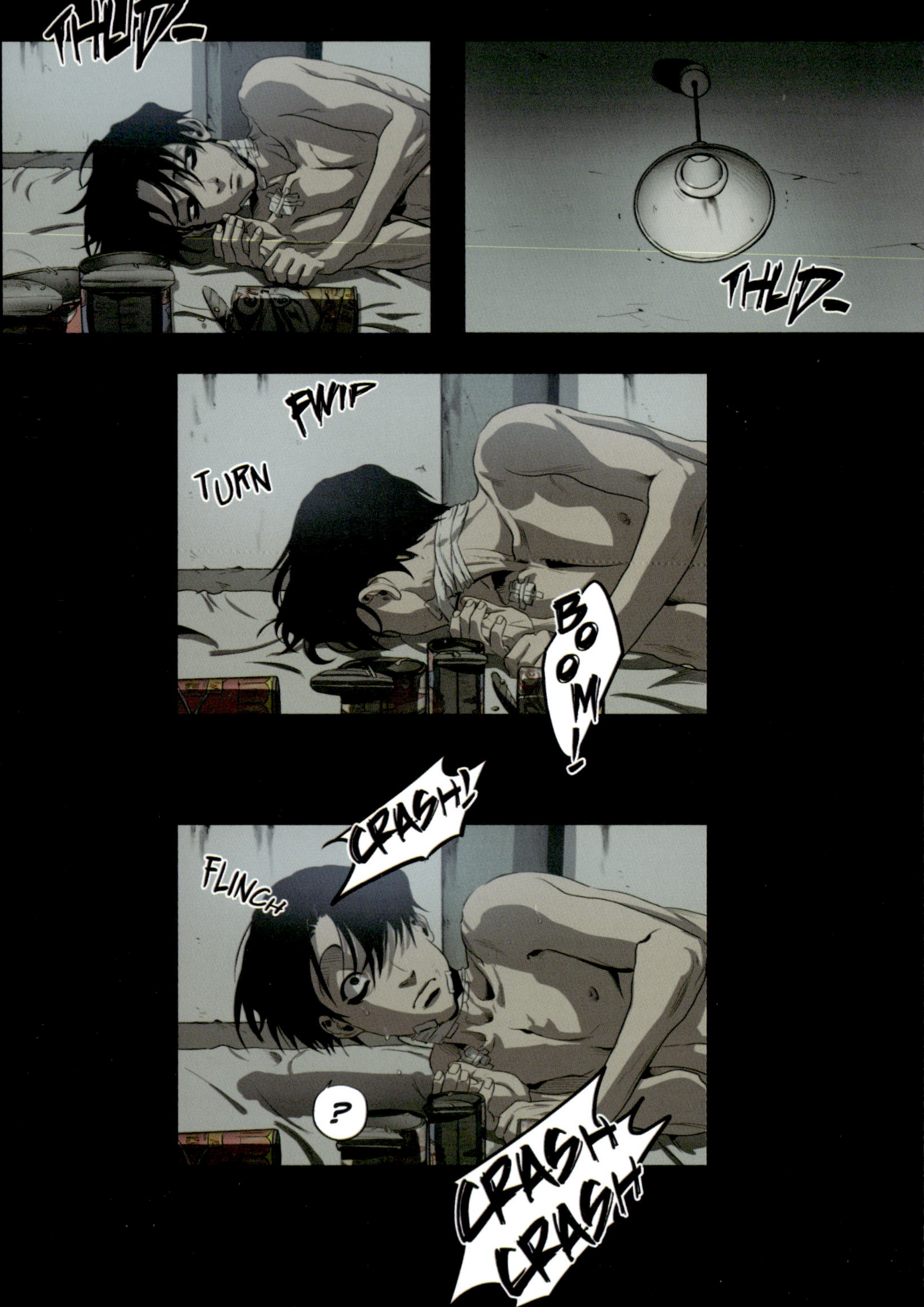
THUD-
THUD-
FWIP
TURN
BOOOM!
CRASH!
FLINCH
?
CRASH
CRASH

THUD
EHI! CHE STAI COMBINANDO?!
THUD
CAZZO! STAMMI LONTANO!
SILENCE...
...

CREAK
CRASH
THUD
URGH...

AW...
EHI, BUM YOON!
TI SENTIVI SOLO QUAGGIÙ, VERO?
TREMBLE...
PENSAVO TI AVREBBE FATTO PIACERE AVERE UN AMICHETTO, PER CUI TI HO PORTATO LUI.

QUESTO TIZIO È PIUTTOSTO SIMPATICO, QUINDI...

... PERCHÉ NON CI DIVERTIAMO UN PO' TUTTI ASSIEME?

KILLING STALKING

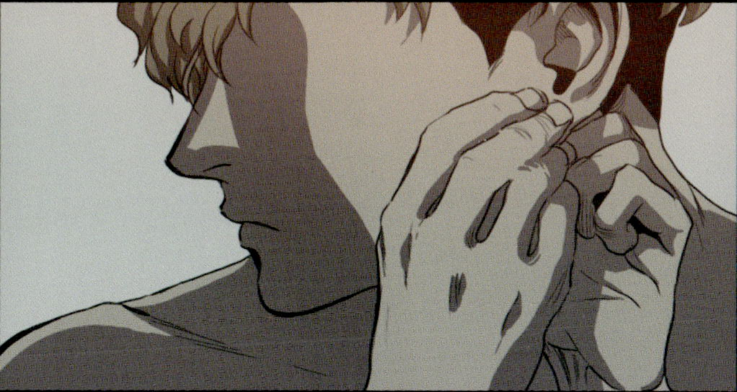

capitolo 9

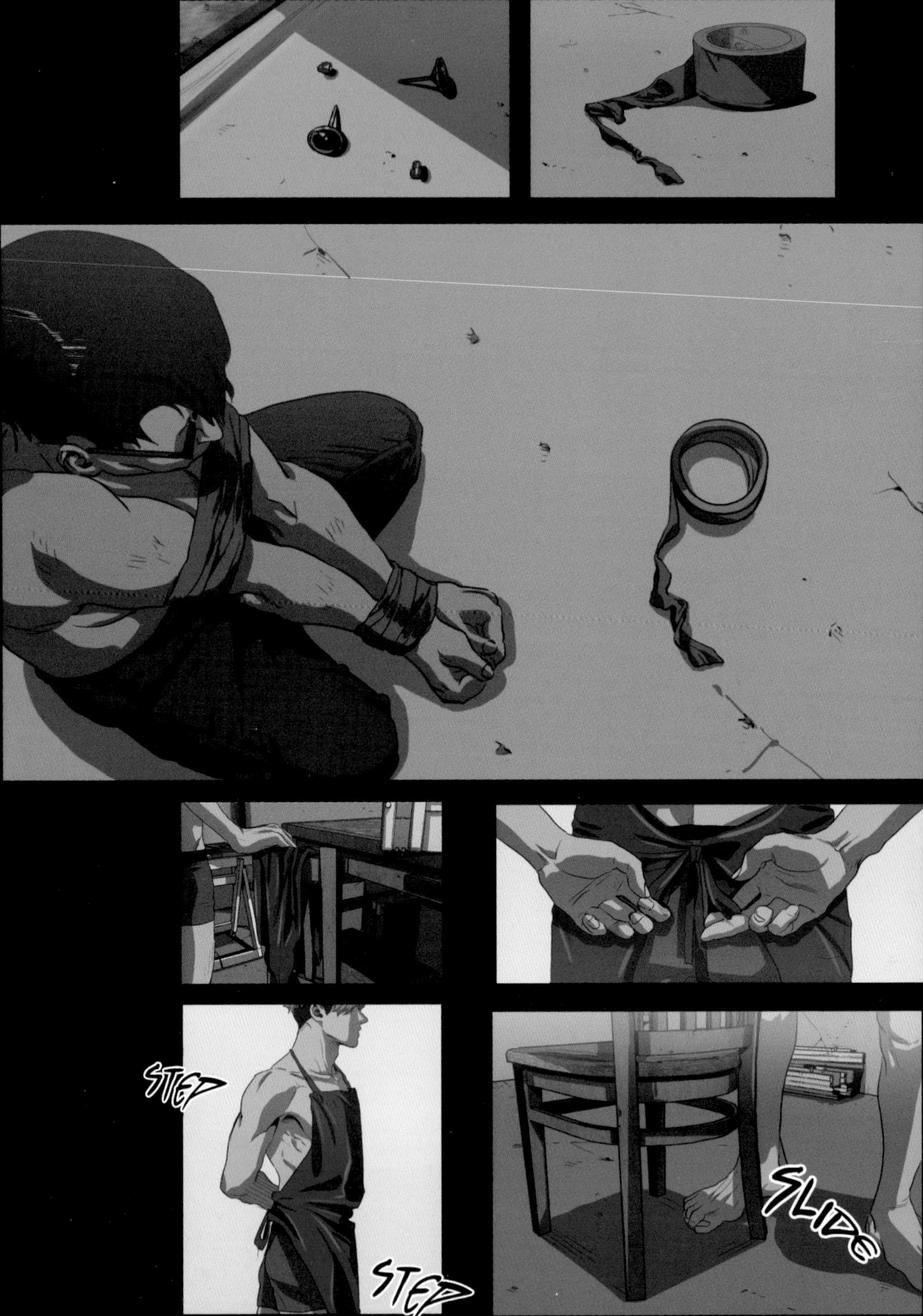
STEP
STEP
SLIDE

HUP
COS'È QUESTO SILENZIO?
NON VI PRESENTATE NEMMENO?
WOW...
COME MAI QUESTA STRANA ATMOSFERA... EH?
...
BUM.
NON TI INTERESSA SAPERE DOVE CI SIAMO CONOSCIUTI?

...
DOVE... VI SIETE CONOSCIUTI?
DOVE CI SIAMO CONOSCIUTI?
A... AL BAR...
QUALE BAR?
I... IL GAY BAR...
PERCHÉ SEI COSÌ LACONICO? PENSAVO FOSSIMO DIVENTATI INTIMI.
HO ANCHE FINTO DI TROVARE DIVERTENTI I TUOI MERDOSISSIMI TRUCCHETTI CON LE CARTE, RICORDI?
CI SIAMO ANCHE BACIATI...

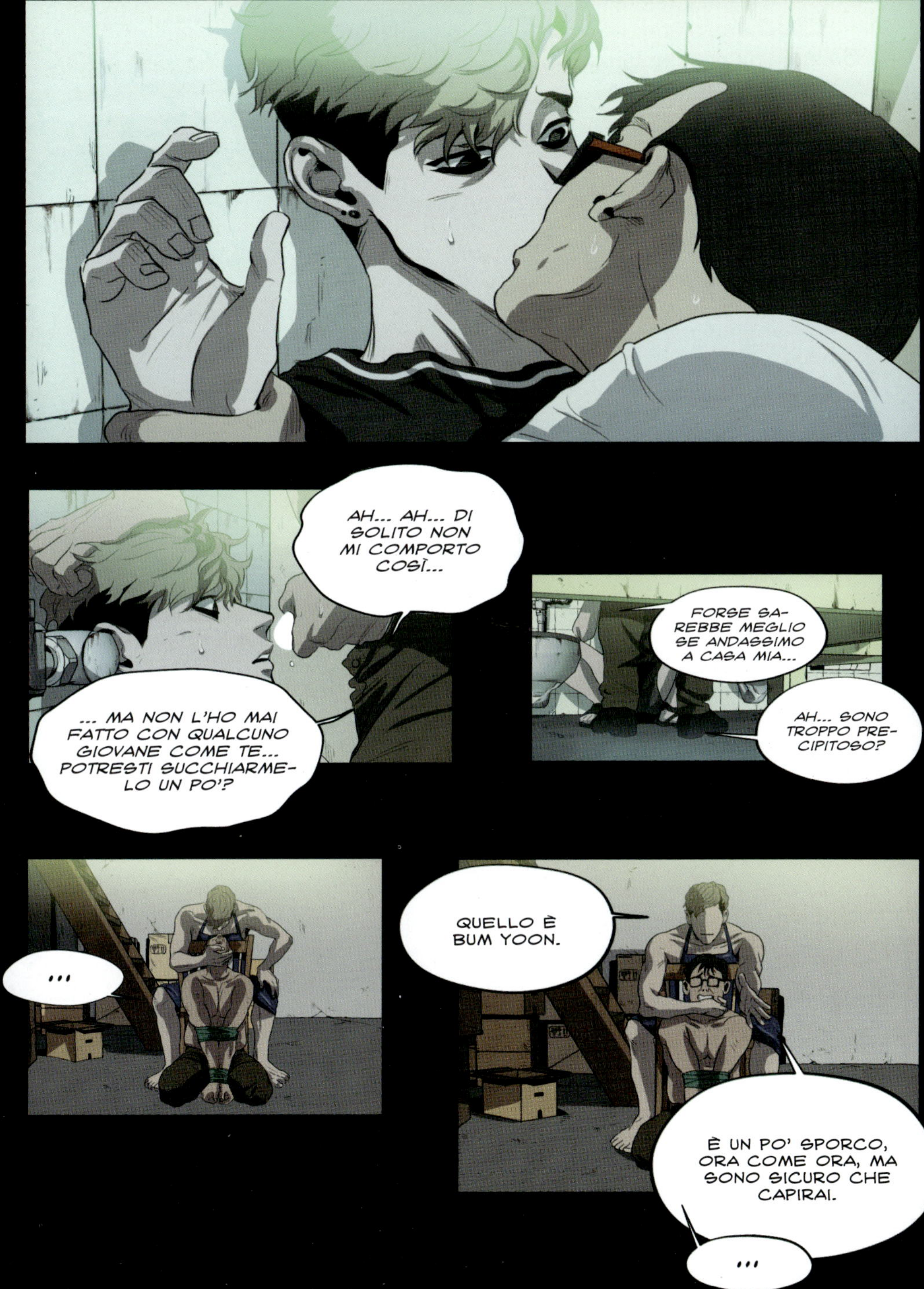
AH... AH... DI SOLITO NON MI COMPORTO COSÌ...
... MA NON L'HO MAI FATTO CON QUALCUNO GIOVANE COME TE... POTRESTI SUCCHIARMELO UN PO'?
FORSE SAREBBE MEGLIO SE ANDASSIMO A CASA MIA...
AH... SONO TROPPO PRECIPITOSO?
...
QUELLO È BUM YOON.
È UN PO' SPORCO, ORA COME ORA, MA SONO SICURO CHE CAPIRAI.
...

QUANTO DURERÀ QUESTA TUA POSA? O SEI DAVVERO COSÌ TIMIDO?
H... HYUNWOO... COSA TI PRENDE...
HYUNWOO?
HO FATTO QUALCOSA DI SBAGLIATO?
A CASA HO UNA MOGLIE E UNA FIGLIA CHE MI ASPETTANO...
LASCIAMI ANDARE... OKAY?
SLUMP
HYUNWOO! TI SCONGIURO!

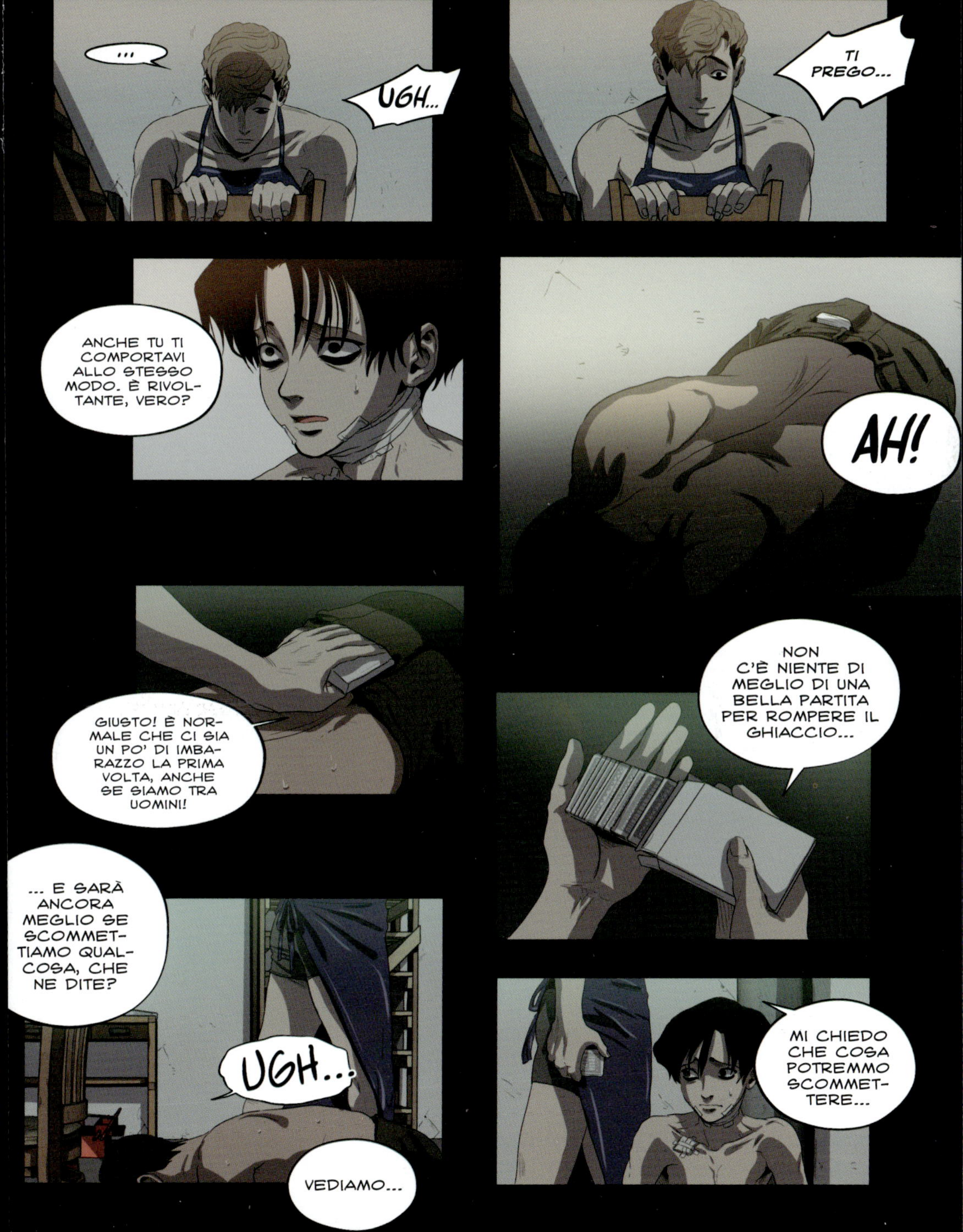
...
UGH...
TI PREGO...
ANCHE TU TI COMPORTAVI ALLO STESSO MODO. È RIVOLTANTE, VERO?
AH!
GIUSTO! È NORMALE CHE CI SIA UN PO' DI IMBARAZZO LA PRIMA VOLTA, ANCHE SE SIAMO TRA UOMINI!
NON C'È NIENTE DI MEGLIO DI UNA BELLA PARTITA PER ROMPERE IL GHIACCIO...
... E SARÀ ANCORA MEGLIO SE SCOMMETTIAMO QUALCOSA, CHE NE DITE?
UGH...
VEDIAMO...
MI CHIEDO CHE COSA POTREMMO SCOMMETTERE...

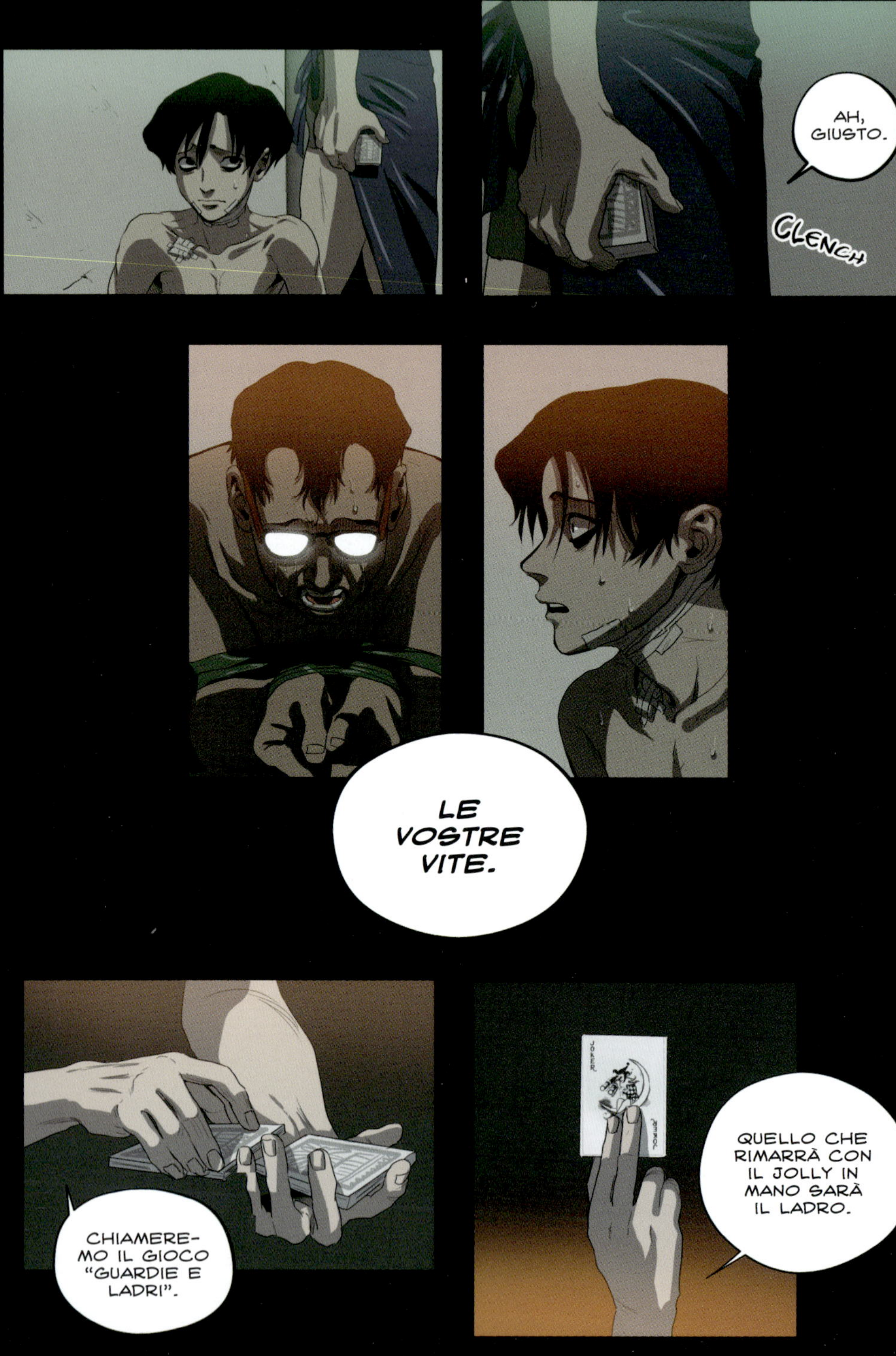
AH, GIUSTO.
CLENCH
LE VOSTRE VITE.
CHIAMEREMO IL GIOCO "GUARDIE E LADRI".
JOKER
QUELLO CHE RIMARRÀ CON IL JOLLY IN MANO SARÀ IL LADRO.

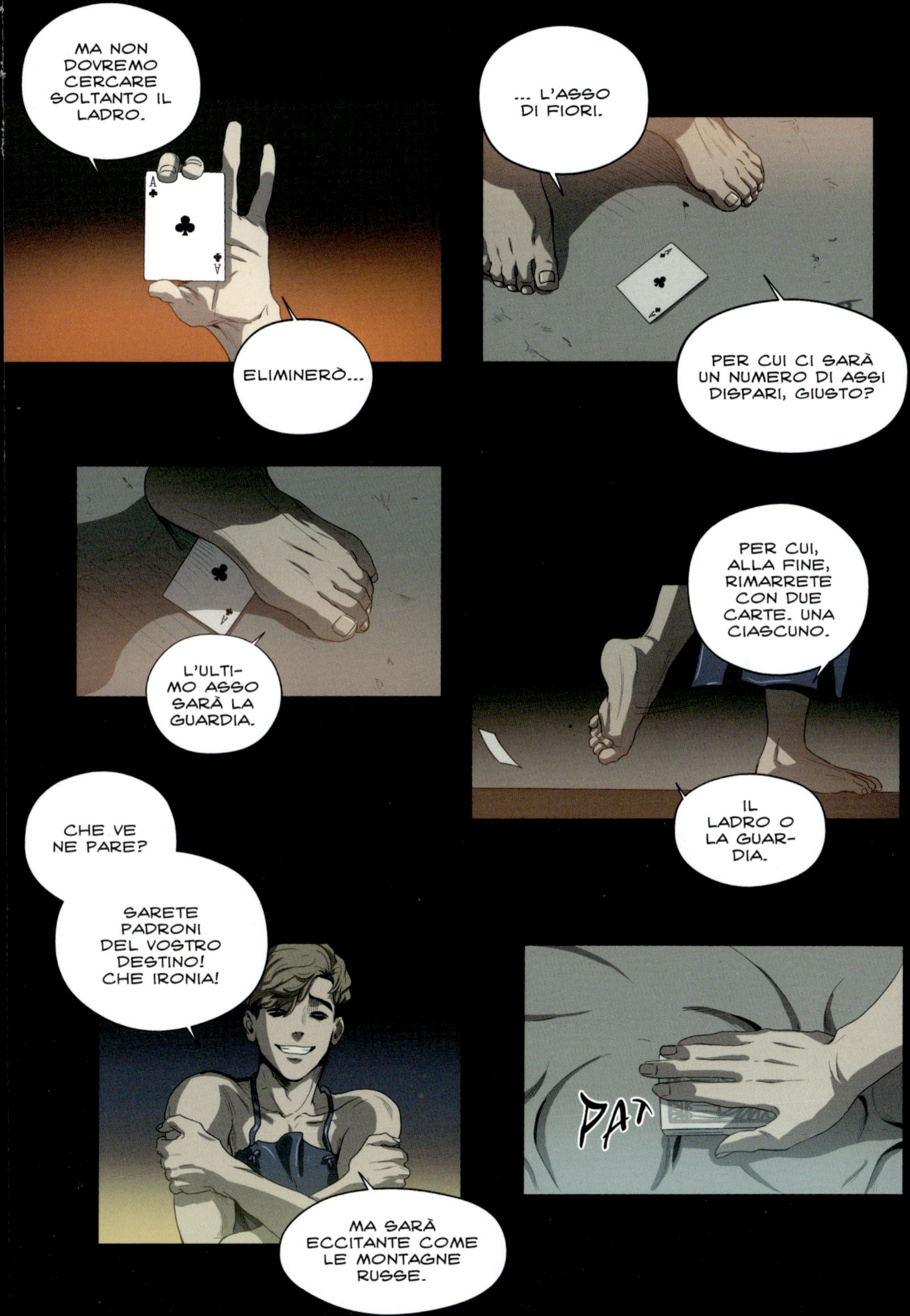
MA NON DOVREMO CERCARE SOLTANTO IL LADRO.
ELIMINERÒ...
... L'ASSO DI FIORI.
PER CUI CI SARÀ UN NUMERO DI ASSI DISPARI, GIUSTO?
L'ULTIMO ASSO SARÀ LA GUARDIA.
PER CUI, ALLA FINE, RIMARRETE CON DUE CARTE. UNA CIASCUNO.
IL LADRO O LA GUARDIA.
CHE VE NE PARE?
SARETE PADRONI DEL VOSTRO DESTINO! CHE IRONIA!
MA SARÀ ECCITANTE COME LE MONTAGNE RUSSE.
PAT

INIZIAMO.
...

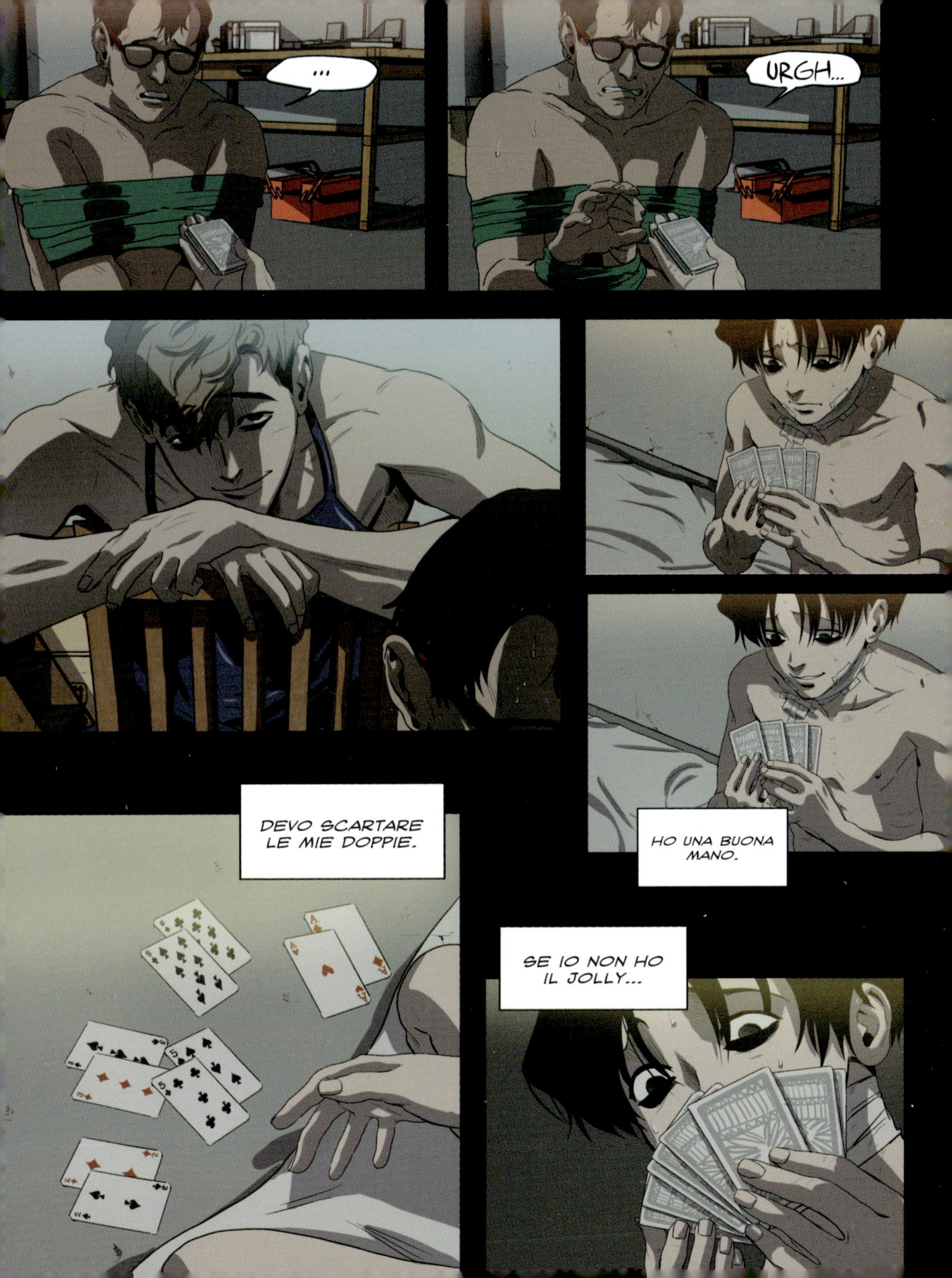
...
URGH...
DEVO SCARTARE LE MIE DOPPIE.
HO UNA BUONA MANO.
SE IO NON HO IL JOLLY...

... SIGNIFICA CHE CE L'HA LUI?
FINO A QUANDO CI SARÀ UNA POSSIBILITÀ DI PESCARE IL JOLLY...
... SAREMO ENTRAMBI SULLE SPINE.
AH!
HO DUE OTTO...
SEMBRA ANDARE BENE!

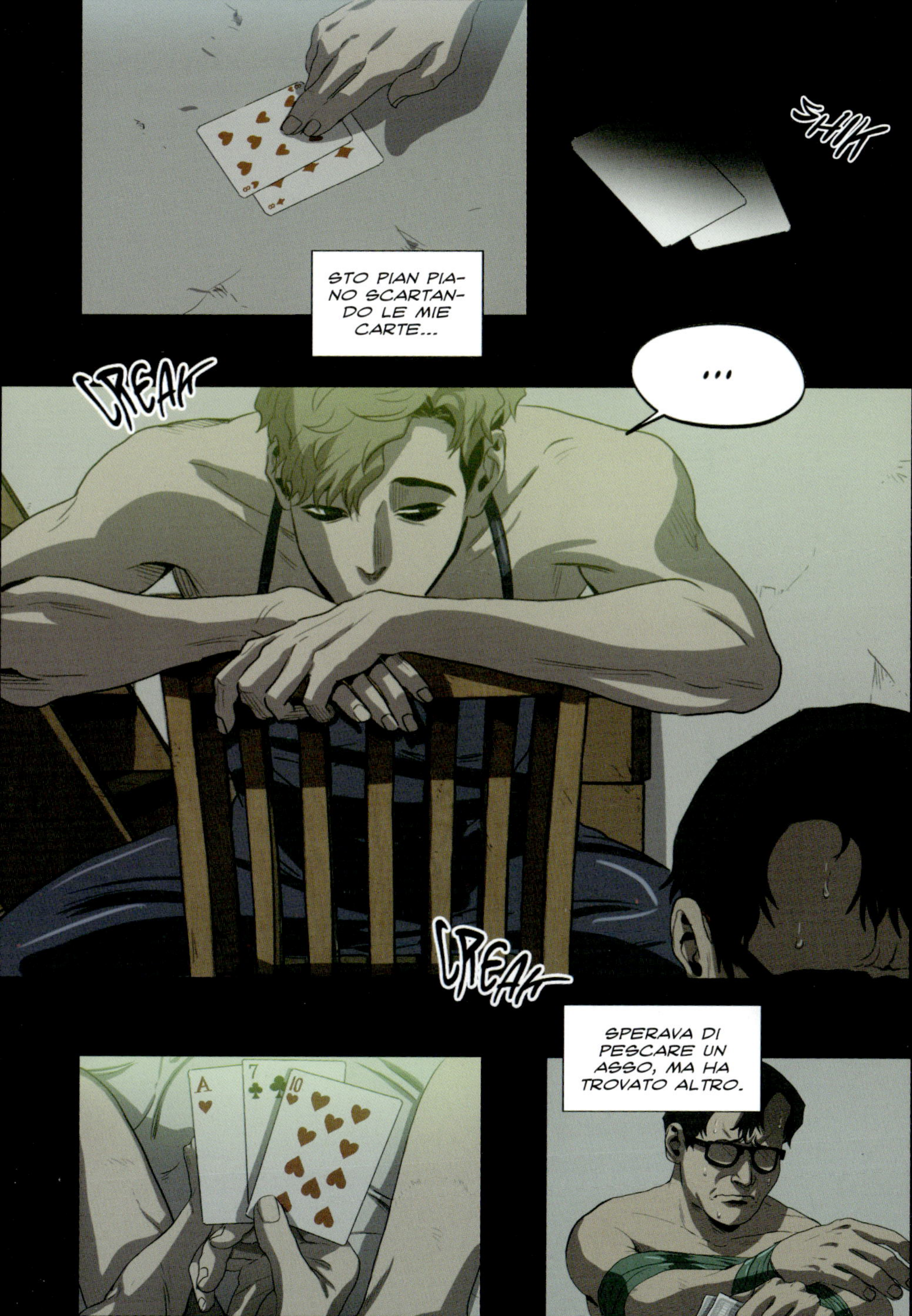
SHIK
STO PIAN PIANO SCARTANDO LE MIE CARTE...
CREAK
...
CREAK
SPERAVA DI PESCARE UN ASSO, MA HA TROVATO ALTRO.

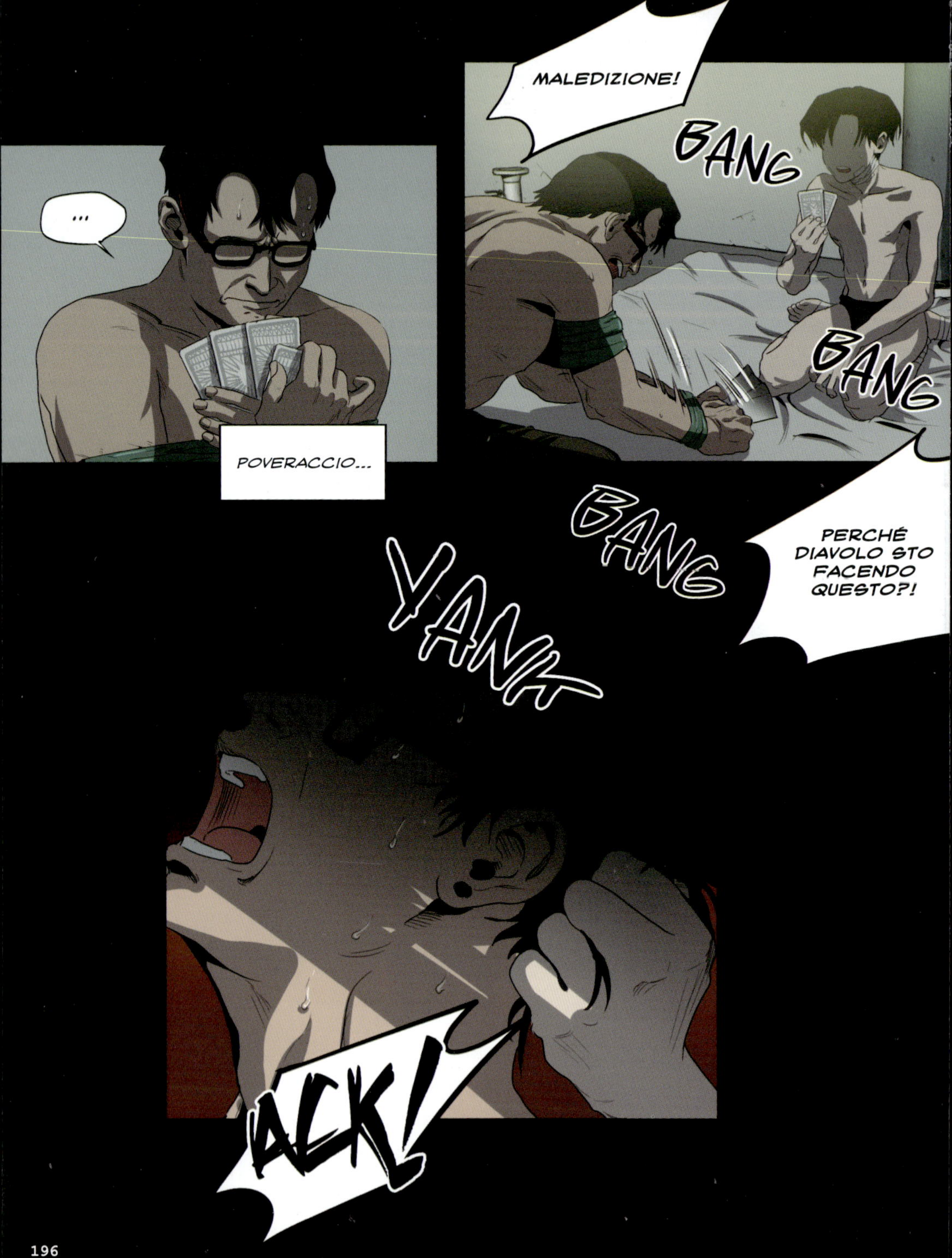
...
POVERACCIO...
MALEDIZIONE!
BANG
BANG
BANG
PERCHÉ DIAVOLO STO FACENDO QUESTO?!
YANK
ACK!

QUESTO NON È IL TUO CAZZO DI PARCO GIOCHI.
AH... UH... S... SÌ...
URGH...
URGH...
...
SHIK
UGHHH...
SMETTILA DI FISSARMI E PESCA UNA CARTA!
CHE VUOI?!
...

FUMBLE
FUMBLE
HO FINITO!
FINITO...
?!
DAVVE-RO?
S... SÌ! HO L'ASSO...
...
PFFT

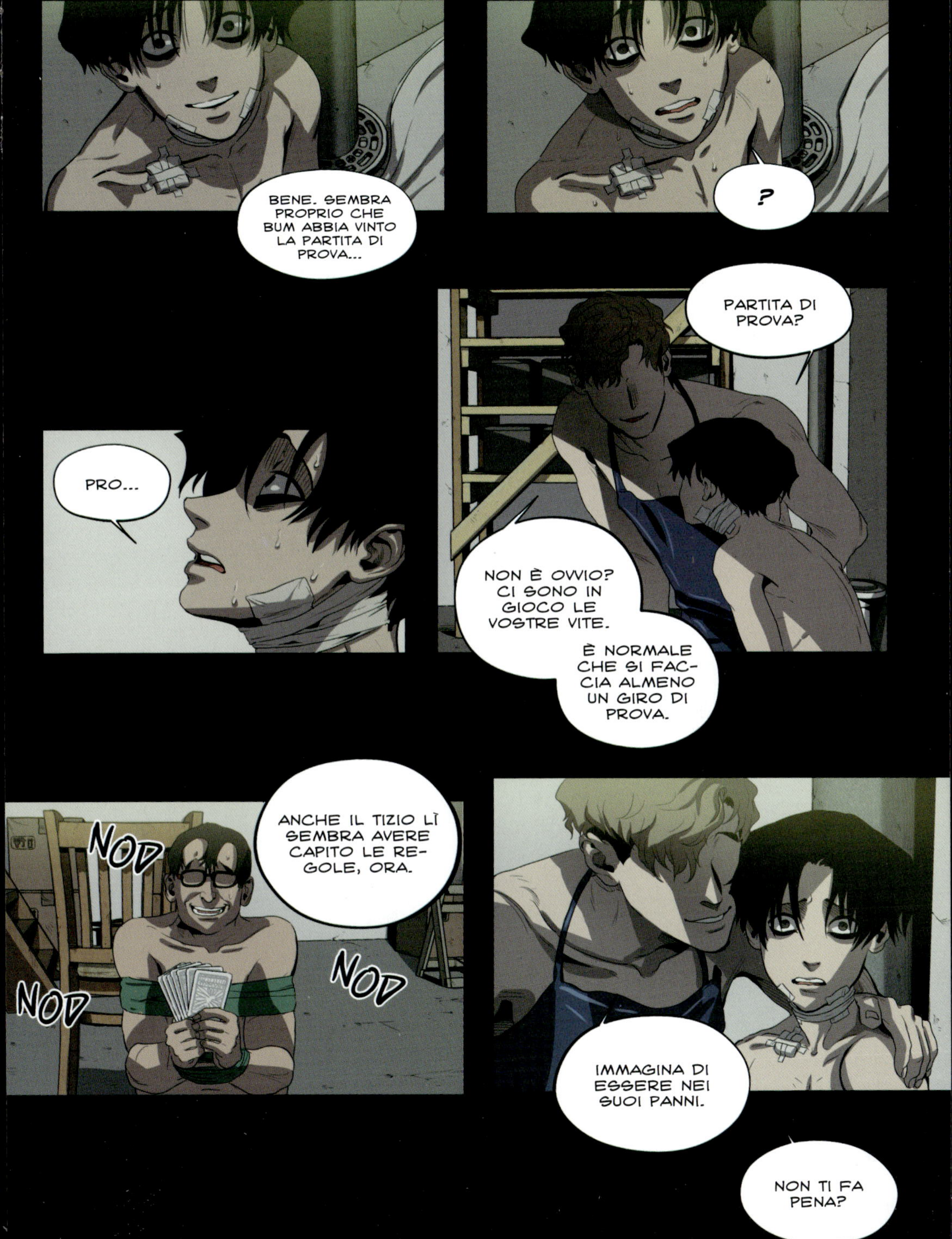

BENE. SEMBRA PROPRIO CHE BUM ABBIA VINTO LA PARTITA DI PROVA...
?
PARTITA DI PROVA?
PRO...
NON È OVVIO? CI SONO IN GIOCO LE VOSTRE VITE.
È NORMALE CHE SI FACCIA ALMENO UN GIRO DI PROVA.
ANCHE IL TIZIO LÌ SEMBRA AVERE CAPITO LE REGOLE, ORA.
NOD
NOD
NOD
IMMAGINA DI ESSERE NEI SUOI PANNI.
NON TI FA PENA?

M... MA...
IO HO VINTO!
FWIP
TREMBLE
TREMBLE
HO VIN...
EHI...
HO DETTO CHE ERA UNA PARTITA DI PROVA, O NO?
PAT
EH?

ORA SI GIOCA SUL SERIO.
SHIK
SHIK
THUD
OOOH!
BENE! OTTIMO!

COSÌ TANTE...
NO, CONCENTRATI!
SHAKE
SHAKE
NIENTE JOLLY, NEANCHE QUESTA VOLTA.
IL CHE SIGNIFICA CHE CE L'HA DI NUOVO LUI...
MA NON È IL CASO DI PREOCCUPARSI... NON È ANCORA FINITA...
POSSO FARCELA!

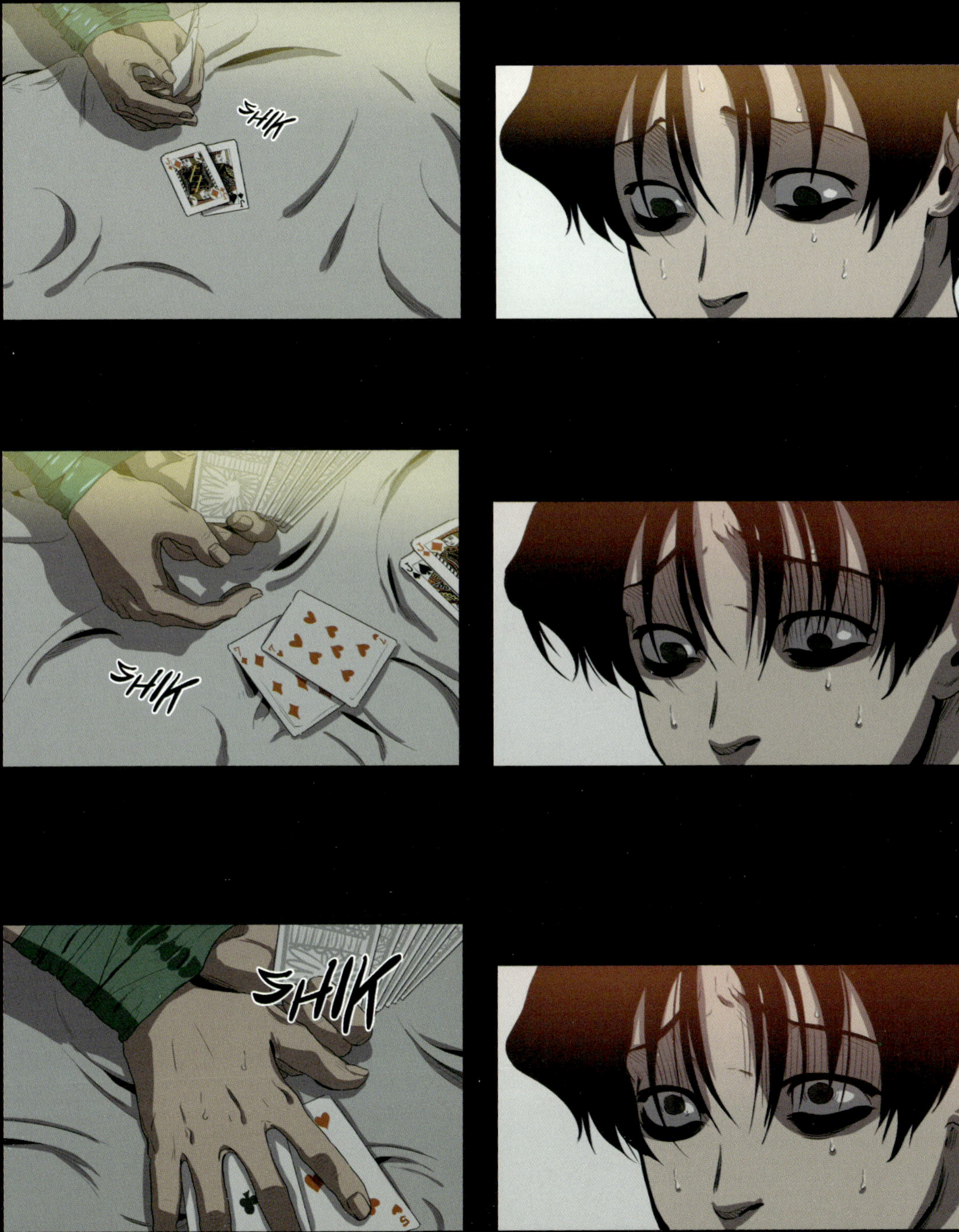
SHIK
SHIK
SHIK

NON VA BENE...
VA SEMPRE PEGGIO...
COSA DOVREI...
...
WOW!

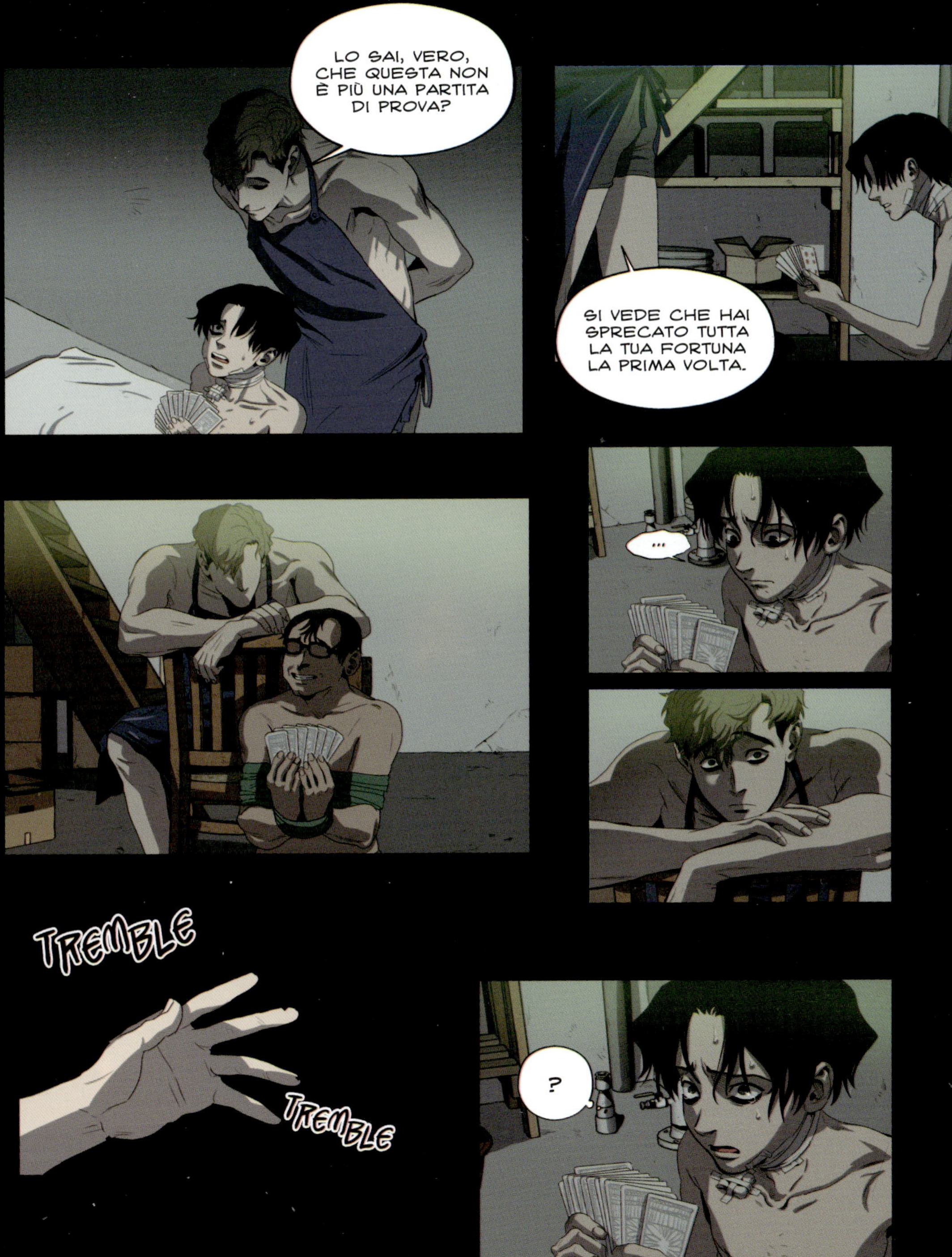
LO SAI, VERO, CHE QUESTA NON È PIÙ UNA PARTITA DI PROVA?
SI VEDE CHE HAI SPRECATO TUTTA LA TUA FORTUNA LA PRIMA VOLTA.
...
TREMBLE
TREMBLE
?

...
?
TAP
TAP
?
EHI! SMETTILA DI PERDERE TEMPO E PESCA UNA CARTA!

SIGH...
TAP
TAP
AH...

SLIP
!
SANGWOO MI STA SUGGERENDO QUALI CARTE SCE-GLIERE...
MI STA... AIUTANDO?
UGH! CAZZO!
CAZZO!
CAZZO!
...
NON SE N'È ACCORTO.
COSA...

CHE STRANO.
CARA... PERDONAMI...
URGH...
MI SENTO EUFORICO.
AVERE CAPITO DI ESSERE DIVERSO DA QUEST'UOMO...
SLIP
... È LA SENSAZIONE MIGLIORE CHE ABBIA PROVATO DA QUANDO HO MESSO PIEDE IN QUESTA CASA.
POSSONO ESSERE SUCCESSE TANTE COSE, MA PER SANGWOO SONO ANCORA SPECIALE...

PERÒ...
... MENTRE SCARTAVO LA MIA ULTIMA COPPIA, EBBI UN PRESAGIO FUNESTO. PROPRIO...
... COME ALLORA.

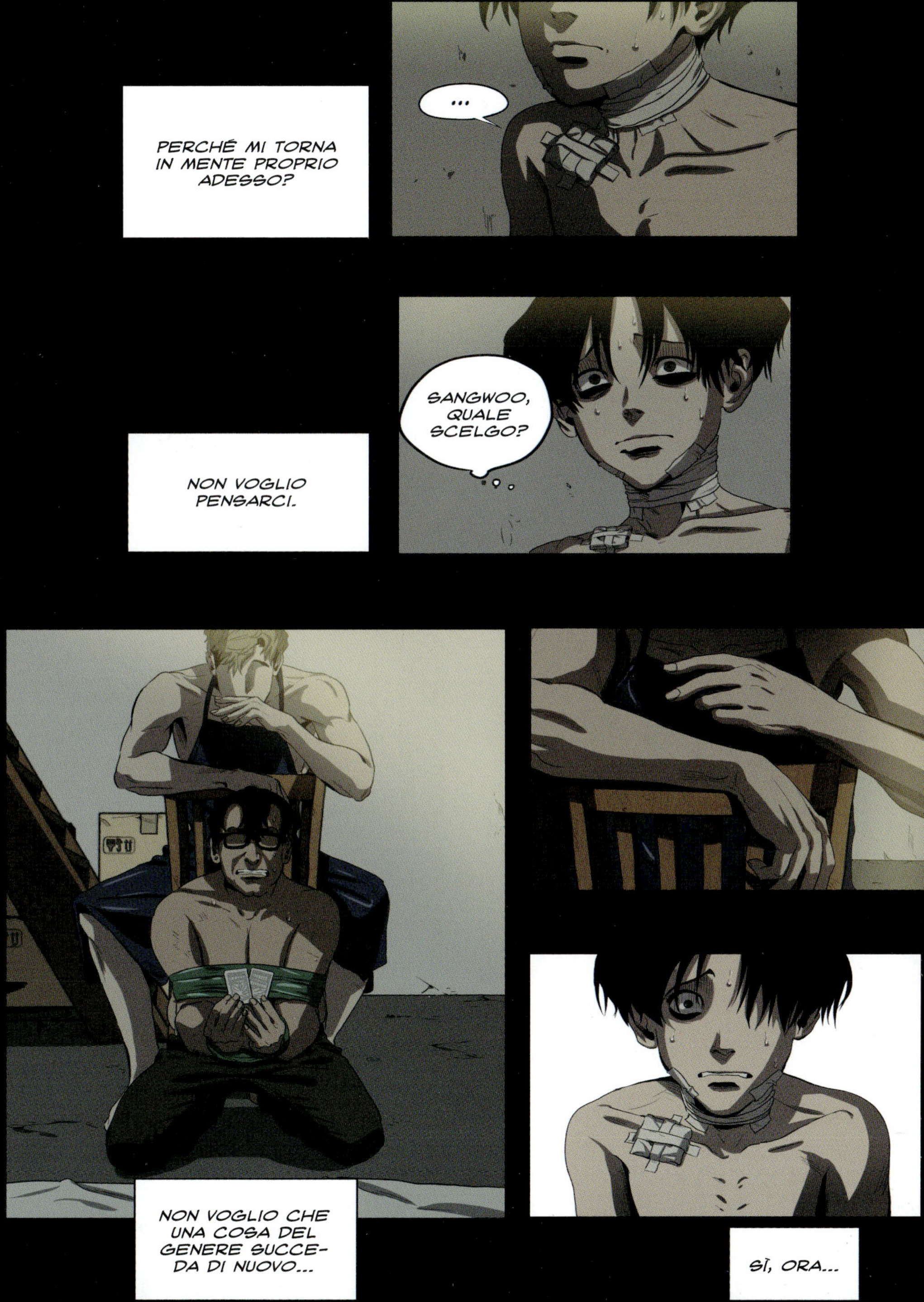
PERCHÉ MI TORNA IN MENTE PROPRIO ADESSO?
...
NON VOGLIO PENSARCI.
SANGWOO, QUALE SCELGO?
NON VOGLIO CHE UNA COSA DEL GENERE SUCCE-DA DI NUOVO...
SÌ, ORA...

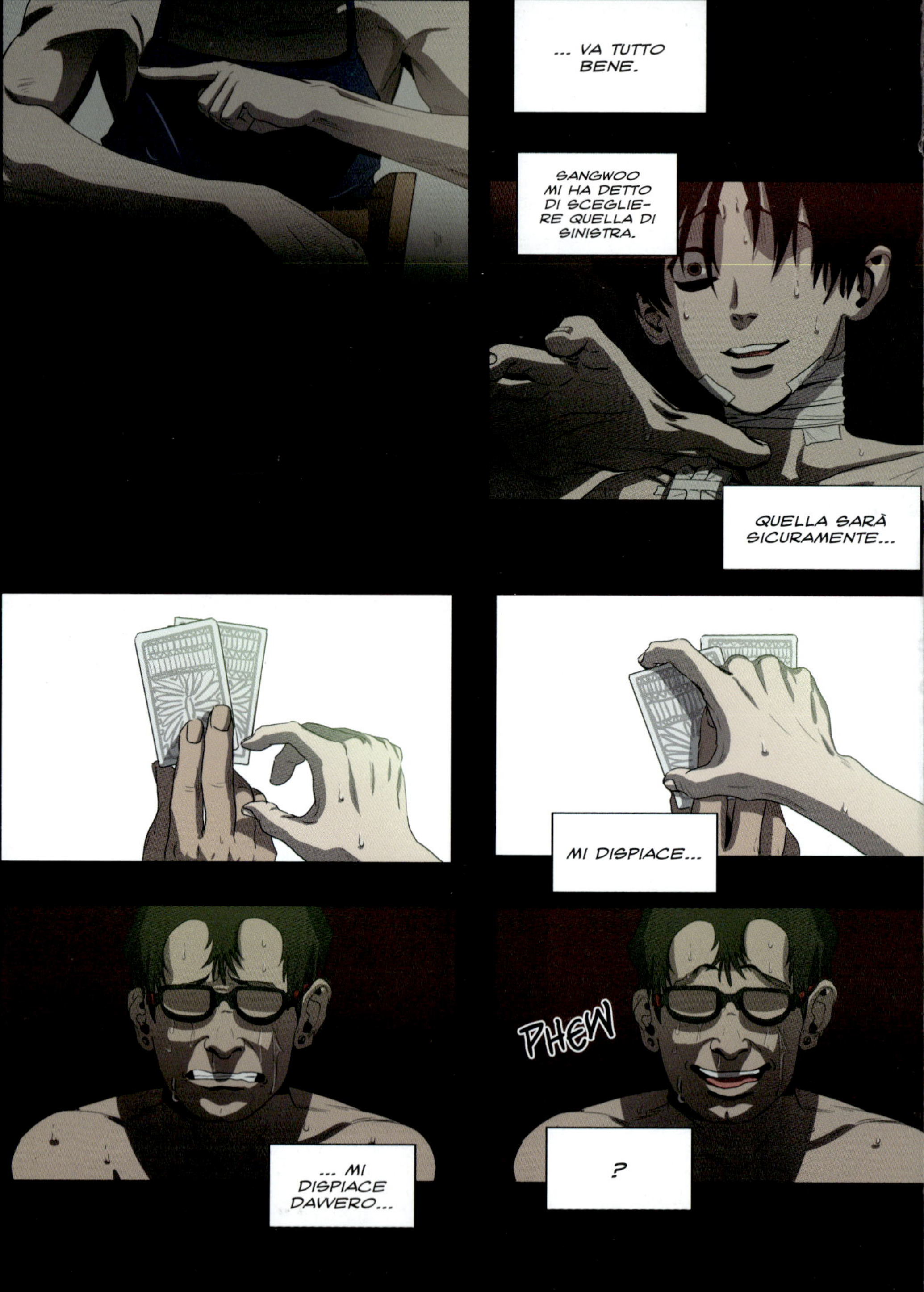
... VA TUTTO BENE.
SANGWOO MI HA DETTO DI SCEGLIE-RE QUELLA DI SINISTRA.
QUELLA SARÀ SICURAMENTE...
MI DISPIACE...
... MI DISPIACE DAVVERO...
PHEW
?

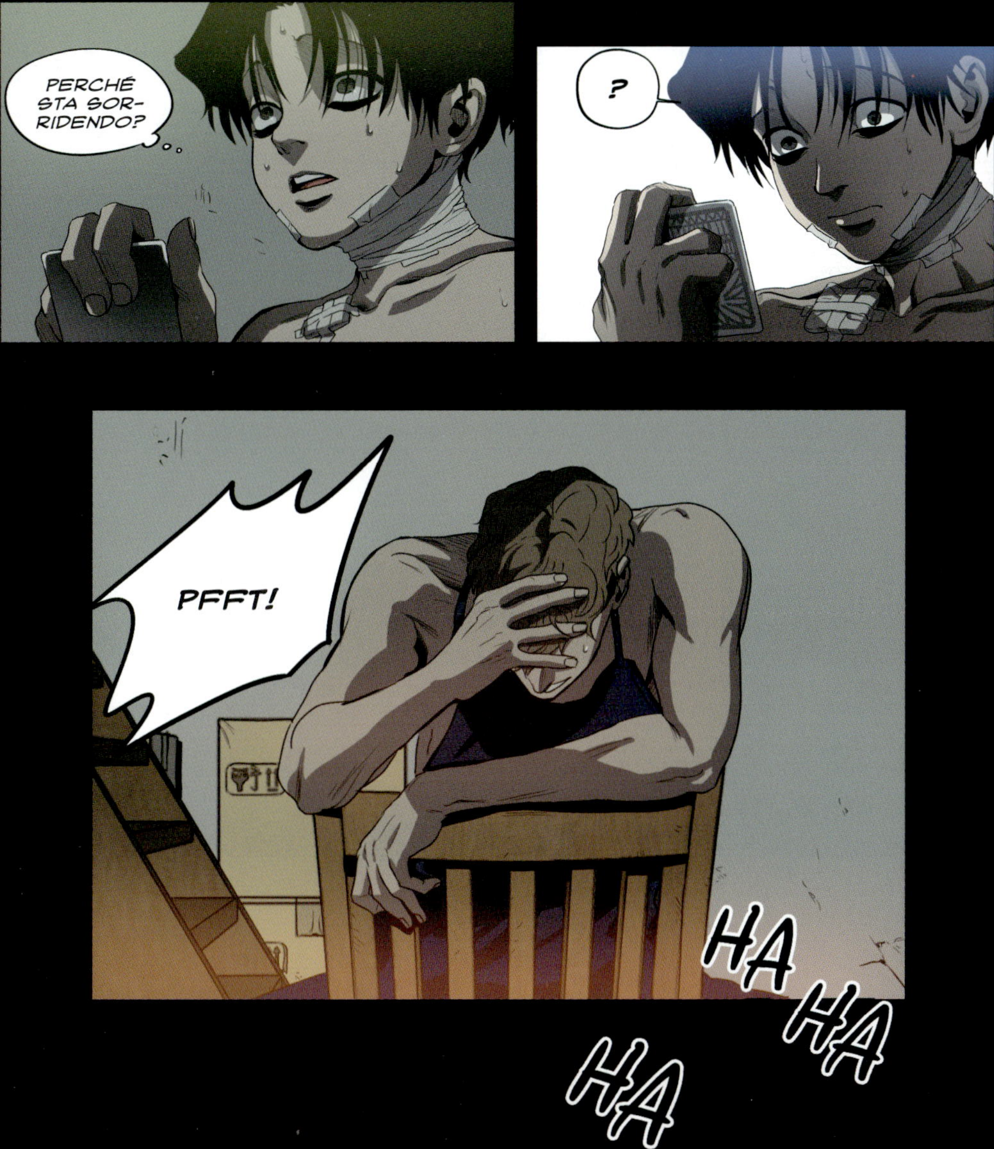
PERCHÉ STA SOR-RIDENDO?
?
PFFT!
HA HA HA HA

HA
JOKER
JOKER

continua

KILLING STALKING
vol. 2

Writer/Artist Koogi
Producer JungHun Lee
Originally published on www.lezhin.com

LEZHIN COMICS

STORIA E DISEGNI Koogi
TRADUZIONE A CURA DI Redazione J-POP
LETTERING Valeria Della Dora
EDITING Georgia Cocchi Pontalti
GRAFICA DI COPERTINA Giovanni Marinovich
STAMPA Grafiche Ambert, Verolengo (TO)

Edizioni BD srl
viale Coni Zugna 7
20144 Milano
www.edizionibd.it www.j-pop.it
info@edizionibd.it

ISBN 9788832751413